KB050396

용병 생활백서

용병생활백서 5

초판 1쇄 인쇄일 2016년 6월 16일 | **초판 1쇄 발행일** 2016년 6월 20일

지은이 주작 | **펴낸이** 곽중열 | **담당편집 팀장** 이범수
편집부 신연제 이윤아 홍현주 김유진

펴낸곳 (주) 조은세상 | 출판등록 제 2002-23호
주소 경기도 연천군 미산면 청정로 1355
TEL 편집부 02)587-2966 | FAX 02)587-2922
e-mail bukdu@comics21c.co.kr

ISBN 979-11-5832-577-0 | ISBN 979-11-5832-500-8(set) | 값 8,000원

주작 판타지 장편소설

NEO FANTASY STORY & ADVENTURE

용병생활백서

傭兵生活白書

CONTENTS

용병생활백서

1. 여름에서 여름으로.

1. 여름에서 여름으로.

그저 조용히 흔적 없이 떠나려 했다. 하지만 이제는 그게 어려움을 알았다.

“내 동생을 울릴 생각은 아니겠죠?”

안내자 프렌 혹은 3공주 프레이트라 불리는 여인이 날선 목소리로 그리 물어왔고, 결국 발길을 돌려야만 했다.

‘끄응….’

등짐도 잠시 내려놨다. 그러며 마지막 수업을 열었다.

“정말… 가시는 건가요?”

하지만 수업이 제대로 진행되기는 어려울 모양이었다. 어떻게 알았던지, 아이는 연무장 등장과 동시에 그리 물어왔다.

짐작되는 이들이 있기는 했다.

'3공주 프레이트? 아니면 국왕 리베이트?'

아마도 둘 중 한명이리라. 찌푸려지는 눈살을 피며, 에트라인을 향해 다가갔다.

"왕자저하께서도 아시다시피 저는 '용병' 입니다. 한 곳에 머무르는 건 제게 어울리지도 익숙하지도 않은 일이죠. 그리고 제게는 해야 할 일도 있어서, 오랜 시간 이곳에 머물 수도 없습니다."

물론, 마땅히 해야 할 일이 있는 건 아니었지만, 대충 이렇게 둘러대야 아이도 납득하지 않겠는가.

'루딘 용병단도 만나야 되고.'

그나마 내세울 수 있는 명분이었다.

"하지만… 아직 저는 부족합니다. 배워야 할 게 너무나 많습니다."

에트라인의 눈가가 촉촉해 지는 게 보였다. 에던의 입가에 절로 미소가 그려졌다.

'많이 변했네.'

첫 만남 당시만 해도 어린 나이에 어울리지 않게, 그 감정을 억누르고 감추는 게 습관처럼 몸에 배어있던 아이였다.

하지만 함께하며 검을 배우고 익히면서, 이런저런 꿈을 꾸기 시작한 덕분일까? 아이는 조금이나마 감정을 드러내는 법을 배웠고, 표현의 다양성을 내비칠 줄 알게 되었다.

굳이 이런 부분들까지 가르치려 한 건 아니었지만, 그와의 시간을 통해 저처럼 변화를 했다는 게, 여러모로 뿌듯한 건 어쩔 수가 없었다. 아이를 통해 그 역시도 따뜻한 무언가가 가슴 한편에 남았다는 건 분명했다.

"이제야 말씀 드리지만, 왕자저하께서는 이미 제 모든 공부를 가져가셨습니다."

"말도 안 됩니다."

당연히 말도 안 된다. 겨우 반년 남짓의 시간이었다. 겨우 그 시간에 에던의 모든 공부를 전한다?

'말도 안 되지.'

에던은 그리 생각하며 새삼스런 얼굴로 에트라인을 바라봤다.

'하지만….'

눈앞의 아이는 그 말도 안 되는 일을 해냈다.

'뭐… 아는 것하고 행하는 건 다르다고 했으니.'

이제 겨우 지식적인 전수가 끝났을 뿐이었다. 어쨌든 그의 반평생에 걸친 용병 생활의 정화가 그 짧은 기간에 전해진 건 분명했다.

이 부분이 조금은 허탈했지만, 나름대로 그의 공부가 전해졌다는 건 분명했다.

'남은 건 스스로 익혀나가는 것 뿐이니까.'

굳이 그가 아니더라도 주변의 도움이 조금만 이어진다면, 충분히 홀로 익힐 수 있는 부분이라고 여겼다. 당연하게도 아이의 지위는 도움의 손길 정도는 얼마든 기대할 수 있는 위치였다.

'게다가….'

그가 사신의 검이라고 정의 내렸던, 생사를 가르는 검의 흔적도 아이에게서 이미 엿볼 수 있었다. 아니, 느낄 수 있었다.

떠날 준비를 하고자, 한동안은 대련이라는 명목으로 실전의 감각 일부를 다져주는 수업을 가졌었는데, 거기에서 분명 그의 검의 흔적을 읽어냈다.

최초, 아이가 베르말식 연공법을 하던 것처럼, 외형적인 모습에서 이렇다 할 정의를 내리기는 어려웠다. 하지만 그 내부 깊숙한 곳에, 그의 검과 비슷한 무언가가 뿌리내리고 있음을 알았다.

그 계기는 앞서 망자들을 상대로 그가 각성하던 시기의 흐름이었다. 거기에서 아이는 수인족의 피를 깨우며, 사신의 검의 일부를 받아들인 것이다.

물론, 몽롱한 상태였던 에던으로써는 알 수 없는 부분이었고, 그저 새삼스레 아이의 재능에 감탄했을 뿐이었다.

'이 정도면….'

충분히 스스로 성장할 수 있을 거란 판단을 내렸고, 그렇기에 떠나기로 결심할 수 있었다.

'…반년이면 충분히 오래 머물렀지.'

에던은 한쪽 무릎을 굽혀 아이와 눈높이를 맞췄다.

“재차 말씀드리지만, 왕자저하께서는 이미 제 모든 걸 가져가셨습니다. 아마도… 왕자저하께서도 알고 계실 거라고 생각합니다.”

더 이상 그가 가르칠 수 있는 건 없다. 아니, 배우고 익히는 걸 함께하는 과정이 남았지만, 거기에는 그보다 나은 스승들이 있음을 알았다.

[수인족의 피!]

국왕 리베이트의 발표를 통해, 이를 깨웠다는 사실을 알게 되었고, 가르치는 동안 그 흔적을 여실히 느꼈다.

그야말로 야생의 감각이라는 의미가 절실히 이해됐다.

[삶과 죽음!]

오랜 전장생활 속에서 그 경계를 살 수 있게 되었다. 하지만 에트라인은 태생적으로 그곳에 한 발 걸치고 있음을 알았다.

짐승들은 본능적으로 삶을 찾아서 길을 떠난다고 한다.

본능!

에트라인에게는 그 야성의 본능이 있었다. 죽음을 담는 것까지는 모르겠으나, 본능적으로 살길을 열 줄 알았다.

짧은 대련이었지만, 떠날 걸 감안하며 결코 가볍지 않은 일정을 짰다. 그리고 이 혹독한 단련 속에서, 아이가 그 ‘생로’를 밟고 있음을 느꼈다.

때문에 더더욱 그의 가르침이 아닌, 스페렌의 공부가 절실하다는 판단을 내렸다. 저 근원에 수인족의 피가 있음을 아는 까닭이었다.

"제 공부가 왕자저하의 기반이 되었다면, 그걸로 저는 충분히 만족합니다."

최대한 무게감 있게, 묵직한 음성으로 그럴싸한 분위기를 연출하며 그렇게 에던은 마지막을 정리했다.

울먹이면서도 붙잡지 않는 에트라인의 모습에, 제법 잘 먹혔다고 여기며 발길을 돌리는 순간이었다.

크릉!

비슷하게 울먹이는 얼굴로 백호가 그의 바짓가랑이를 붙잡았다.

"악!"

바지만 잡을 것이지, 녀석은 제법 날이 선 이빨로 종아리를 통째로 물어버렸다. 저도 모르게 튀어나오는 비명성에 분위기가 깨져버렸고, 결국 에트라인의 울음이 터져버렸다.

저 멀리, 연무장 한편에서 지켜보던 프레이트의 눈 위로, 흉광이 번뜩이며 사나운 불길이 일렁거렸다.

❈ ✣ ❈

과연, 이게 얼마만일까?

"당신과 이렇게 차를 마시는 건, 올해 들어서 처음인 것 같네요."

3왕비 미셸의 이야기에 국왕 리베이트가 짧게 웃으며 찻잔을 들었다. 그윽한 향이 코끝을 스쳤다.

"확실히… 이렇게 차를 마시는 건, 정말 오랜만인 것 같군."

실질적으로 함께 시간을 가질 기회가 별로 없었다. 에트라인이 태어나던 그 순간부터, 1왕자의 후계자 선정을 위해, 일찌감치 활동을 시작했던 까닭일까?

미셸이 리베이트를 찾는 시간은 점차적으로 줄어들었고, 3년여 전, 1왕비가 왕실을 떠나던 무렵부터는 따로 두 사람이 함께하는 시간 자체가 없었다고 봐도 과언이 아니었다.

지난 해에도 그저 사적인 이유로 한 차례 대화를 나눈 정도가 전부였다.

그 때문일까?

지금의 이 갑작스런 방문과 대화의 시간이 조금은 낯선 게 사실이었다.

어색함에 잠시 찻잔만 기울였다. 그 향이 방안 가득 퍼질 때까지 대화가 중단되었다. 어느새 잔이 비어버리고 새로이 물을 채우는 시간이 되어서야 그들의 사이의 침묵이 깨어졌다.

"에트라인의 검술선생이 떠났더군요."

조금은 일상적인 대화를 선택하며, 미셸이 먼저 말문을 연 것이다.

"허헛! 아쉬운 모양이군."

리베이트는 그녀를 비롯하여 여러 왕비들이 에던을 검술 선생으로 모시기 위해 이런저런 작업을 하고 있음을 알았다.

에트라인의 갑작스런 각성이 그들을 자극한 것이다.

역사상 유례없는 에트라인의 특이한 각성에, 이런저런 이유를 찾기 시작했다.

신수 백호가 특별할지도 모른다는 이유부터 시작해서, 다양한 이유들을 조사하기 시작했는데, 그 조건들 중 하나로써 에던도 끼어들며, 자연히 그의 가르침을 확인해보고자 하는 이들이 늘어났다.

때문에 기회를 노리고 있던 중이건만, 돌연 그가 왕실을 떠나버린 것이다.

"이제 와서 트라이안이 뭔가를 배울 나이는 아닐 텐데."

"그렇죠. 하지만 다른 아이들은 아직 한창 배워야 할 때니까요."

3왕비의 아이는 1왕자 트라이안 한명만이 아니었다.

"게다가 배움에 연령제한이 있는 것도 아니니까요."

이에 고개를 끄덕인 리베이트가 다시금 잔에 우러난 찻물을 따를 때였다.

"어째서… 침묵하시는 겁니까?"

그녀의 물음에 그의 행동이 멈췄다. 하지만 찰나일 뿐, 다시금 잔을 채워갔다.

질문의 의도를 몰라서 하는 행동이 아니었다.

알아도 너무 잘 알았다.

허면, 어째서?

암전을 불러들인 그녀들을 내버려두는 것인가!

이에 대해서 묻고 있음을 잘 알고 있었다. 하지만 그렇기에 침묵하는 것이기도 했다.

'지금은 내실을 다질 때니까.'

그의 침묵이 오히려 저들에게는 압박이 될 것이다. 또한 이 같은 대처가 저들, 왕비들에게는 더욱 큰 벌이 될 터였다.

무시하고 모르는 척 하는 것으로써, 그녀들의 자존심은 크게 상처를 입었을 것이다. 그리고 이것이야 말로 그가 내리는 벌이었다.

'뭐… 그녀가 원하는 것이기도 하니까.'

1왕비 테일라는 피를 원치 않는다고 했고, 그는 그녀의 바람을 철저히 따라 줄 생각이었다.

'슬슬, 왕실로 불러들일 때가 됐으니.'

그 준비과정 이기도 했다.

"당신은… 진정…."

여전한 침묵 속에서 미셸의 얼굴 위로 한 줌 열기가 일렁였다. 질문의 의도를 알면서도 모르는 척 무시하는 그의 태도에 화가 난 것이리라.

하지만 여기서 직접적으로 암전을 언급하는 건, 그야말로 자신의 죄를 스스로 시인하는 것과 같기에, 결국 그녀 역시도 침묵으로써 죄악을 삼켜야만 했다.

그리고 이런 그녀의 결정에 찻잔을 기울이던 리베이트의 입 꼬리가 살짝 올라갔다.

'결국, 침묵해야겠지.'

스스로 죄악을 입에 담고 용서를 구한다면, 그는 그녀에 대한 벌을 거뒀을지도 모른다. 하지만 결국 그녀의 선택지는 '외면' 이라는 방향으로 향해 있었다.

물론, 어쩔 수 없는 건 잘 안다.

1왕자 트라이언!

드디어 아들이 후계자로 선택되었고, 왕위가 눈앞에 아른거리는 상황이었다.

헌데, 이 같은 상황에 그녀가 아들의 걸림돌이 될 수는 없었다. 저처럼 침묵하는 게, 그녀로써는 최선이었을 것이다.

'그래… 어쩔 수 없는 거지.'

때문에 그가 그녀들에게 침묵하는 것 역시, 어쩔 수 없는 선택지였다.

직접적으로는 벌을 내리지 않는다고는 하나, 그녀들은 앞으로 그녀들 스스로가 그간의 죄악을 감당하게 될 터였다.

정식으로 트라이안이 후계자로 발표된 이상, 그간 서로 협력하던 왕비들을 비롯한 세력들 간의 다툼으로 이어질 확률이 높았다.

다가올 암전의 암수를 생각한다면, 그 불길을 최대한

빠르게 진화하는 게 최선이겠으나, 일정부분은 지켜볼 생각이었다.

그 순간 침묵하는 것도 그녀들을 향한 벌이기 때문이다. 게다가 그들, 암전을 위한 방책이기도 했다.

'틈이 있어야 노릴 수 있을 테니.'

암전이라는 목표물을 낚기 위해서는 미끼의 값어치도 남다를 필요가 있었다.

"차가 쓰군."

나직한 그의 한마디에 미셸 역시도 떨떠름한 얼굴로 답했다.

"…그러네요."

오래지 않아 잔은 비었고, 대화는 끝을 맺었다.

❖ ✣ ❖

분명히 여름이었다. 허나, 여전히 옷은 두꺼운 털옷이었고, 사방은 한기로 넘실거렸다.

"으… 으으…"

에던은 한껏 몸을 웅크린 채 간절한 눈빛으로 프레이트를 바라봤다.

그 눈빛에 프레이트가 고개를 저었다.

"마차는 안 됩니다."

"으… 으으…"

그들은 현재 에던의 등급을 따라, 3급 용병으로 위장 중이었다. 마차 같은 호사는 허락될 수 없는 것이다.

말인 즉,

북 대륙의 한파를 온몸으로 맞으며 여행을 해야 한다는 뜻이었다. 여름이라고는 하나, 여전히 눈발 날리는 곳이 바로 스페렌의 영역이었다.

'아… 내가 미쳤지!'

에던은 새삼 후회했다.

'참았어야 했는데!'

백호의 이빨에 종아리가 뜯겨져 나가더라도 참았어야 했다.

'그랬더라면….'

에트라인의 울음도 터질 일이 없었을 것이고, 당연하게도 그녀가 분노하는 일도 없었을 것이며, 이 시린 한파에 옷깃을 여밀게 아니라, 따뜻한 마차로 이동을 하는 호사를 누릴 수도 있었을 것이다.

'아… 내가 미쳤지!'

"빨리 빨리 안 와요? 왜 이렇게 걸음이 늦어요!"

울상이 된 얼굴로 에던이 급히 속도를 더했다.

어설피 치료를 하고 나왔던 까닭일까?

절뚝이는 그의 걸음이 왠지 처량하게만 여겨졌다.

❖ ✣ ❖

북 대륙을 벗어나는 길은 생각보다 더 고되고 험난했다. 아픈 다리도 문제였지만, 다른 무엇보다도 변화막측한 날씨가 수시로 발목을 잡은 것이다.

"또 눈이야?"

에던은 질렸다는 얼굴로 하늘을 올려다봤다. 대낮임에도 불구하고 거뭇하니 채워진 창공의 풍경으로 인해, 오늘 하루의 여정도 여기서 끝이라는 걸 직감할 수 있었다.

'스페렌의 영역을 벗어나는 것도 쉽지가 않네.'

바삐 쉴 공간을 찾고, 자리를 정리하며 쉴 준비를 하는 게 중요했다.

그리고 이 와중에 특히 주의해야 할 점이 있었다.

'넓은 곳!'

최대한 공간을 활용할 수 있는 장소를 잡는 것이다. 만약, 그 같은 장소를 찾지 못한다면?

벌건 대낮부터 성인 남녀가 한 공간에서 어깨동무를 하는 상황이 발생할 수도 있었다.

아무리 그가 자제를 하려 한다고 해도, 분신 녀석의 팔팔한 혈기는 간혹 난처한 상황을 야기하고는 했다.

'끄응….'

고개를 절레절레 흔들며 에던은 바삐 장소확보에 전념했다.

'이러다가 정말 사고 한 번 치지.'

상대는 무려 북 대륙의 강국인 스페렌의 3공주였다. 사고가 사건으로 이어지는 건 순간일 것이다.

자칫, 저 시리도록 추운 스페렌에 평생을 얽매이는 일이 발생할지도 몰랐다.

아무리 그가 초월적 영역에 올랐더라도, 상대 역시도 초월자를 부친으로 두고 있는 여인이었다. 냉정하게 실력을 비교하자면, 아직까지는 상대하기 어렵다는 결론이 나왔다.

'옴팡지게 맞는 경험은 한번으로 충분하니까.'

리베이트와의 대결은 여러모로 아픔만 가득한 기억이기에, 혹여 여기서 더 성장을 하더라도 어지간하면 피하고 싶은 마음이 더 클 정도였다.

'최대한 넓고 아늑한 곳을 찾자. 제발!'

하지만 이런 그의 바람과 달리, 마땅한 공간을 찾지 못했고, 결국 직접 꽁꽁 언 땅을 파고 눈을 쌓아서 공간을 만드는 상황으로 이어졌고, 자연히 어깨를 부대끼는 군침도는 상황을 마주해야만 했다.

'아… 미치겠네.'

어깨 너머로 전해져오는 여인의 체취가 그의 심장을 자극해왔다.

날씨 때문일까? 아니면 그냥 체질일까? 그도 아니면 수인족의 피로 인한 여파일까?

'땀 냄새라도 좀 나면 좋으련만.'

그야말로 '향기' 라는 단어가 아깝지 않았다.

"뭘, 그렇게 봐?"

불쑥 튀어나오는 그녀의 한마디에 안도의 한숨을 내쉬었다. 한방에 분위기를 깨트려 주는 그녀의 말투 덕분이었는데, 그로 하여금 이성적 사고를 되새기게 만드는 계기가 되고는 했다.

하지만 그러다가도 그녀의 얼굴을 정면으로 마주하면, 다시금 이성적 사고가 감정적 사고를 유발하려 들 때가 많았다.

한 여름이건만, 시리도록 사나운 칼바람이 휘몰아치는 날씨 때문일까?

아니면 지금 이 공간의 열기 때문일까?

언뜻, 홍조가 깃든 그녀의 볼은 한 번쯤 베어 물고 싶은 욕망을 자극했다.

'부디 시험에 들게 하지 마시옵소서!'

그 답지 않게 신을 찾아보기도 하며, 여러모로 스스로를 통제하고 관리하려고 노력을 했는데, 하필이면 이 모습이 프레이트의 자존심을 건드려 버린 모양이었다.

'내가 그렇게 매력이 없나?'

그에게 감정적인 끌림을 느꼈기에, 부친의 제안을 따라 그의 안내자로써 프렌이라는 가명과 3급 용병패를 받아든 것이다.

물론, 불안한 마음도 있었다.

'갑자기 덮치면 어떡하지?'

그렇지만 이 같은 생각을 비웃기라도 하듯, 그는 단 한 번도 그녀를 노리지 않았다.

아무래도 북 대륙의 사나운 날씨 때문일까?

수시로 비좁은 공간 안에서 어깨를 부대끼는 상황이 벌어지건만, 지금껏 그녀는 위협이라 할 만한 상황을 느낀 적이 없었다.

'으득!'

그 때문에 조금씩 그녀의 행동이 변화하기 시작했다.

제대로 씻기도 어려운 여정이었지만, 수시로 몸치장과 관리를 아끼지 않았다.

옷을 갈아입기는 어렵지만, 지금 같은 상황에는 말끔히 정리를 하는 것만으로도 충분히 치장이 되고는 했다.

솔직하게 이야기하자면 이곳 스페렌에서 나고 자란 그녀에게 있어서, 이 정도 날씨는 그냥 헤치고 나갈 수 있었다.

에던과 같은 외부인에게는 어떨지 모르겠지만, 오히려 그들 스페렌의 일족들에게는 여행하기에 쾌적한 날씨였다.

당연히 지금처럼 수시로 휴식을 취하는 여유 넘치는 여정 속에서, 몸치장에 할애할 시간 정도는 넘쳐흘렀다.

항시 마무리는 왕실 특유의 향수로 마무리를 찍어 줬다.

마땅히 땀을 흘리지도 않았던 까닭인지, 나름 매력발산을 아낌없이 행할 수 있었다.

하지만 언제나 그는 거들떠도 보려하질 않았다. 오히려 고개를 돌리며 그녀를 외면하는 태도마저 비쳤다.

슬슬 자존심이 바닥까지 치려는 상황까지 이른 듯, 그녀의 눈 위로 사나운 불꽃이 튀었다.

이성적인 판단력이 흐트러지는 순간이었고, 그 감정적 흔들림이 행동으로 표현되는 결과로 이어지는 건 찰나였다.

꽈악!

딴에는 할 수 있는 최선이라고 해야 할까? 열과 성의를 다해 그의 팔을 껴안은 것이다.

'끄응….'

별 것 아닌 행동이었으나, 에던으로써는 더더욱 난처하게 만드는 몸짓이기도 했다.

행동하고 난 뒤에야 부끄러움을 깨달은 듯, 얼굴 일부만이 아니라, 이제는 아예 전체가 시뻘겋게 물들어서 어디를 베어 물건 과즙이 흘러넘칠 것 같달까?

거기에 더해 팔을 타고 전해지는 온기와 두툼한 옷으로도 가릴 수 없는 부드러운 감촉이 자꾸 군침을 자극했다.

그녀의 감정을 알기에, 지금 이 같은 행동의 의미나 의도 역시도 알 수 있었다.

'에라, 모르겠다!'

참을 만큼 참았다.

'여기서도 빼면, 예의가 아니지!'

짐승을 원한다는데, 한 번쯤 포효해 줄 필요가 있었다.

"어흥!"

머무는 공간에 제대로 여름공기가 깃들었다.

❈ ✣ ❈

세상 사람들에게는 크게 알려지지 않았으나, 알만한 이들 사이에서는 한번쯤 입에 오르는 단어가 있었다.

루딘!

워낙에 은밀히 활동하는 까닭에, 그들의 실체를 대면하는 경우는 많지 않았지만, 분명 그들은 존재했고, 또한 활동하고 있었다.

보통, 루딘에 대해 이야기를 할 때면, 아주 간단한 단어로써 그들을 정의하고는 했다.

소수정예!

겨우 30~50명 남짓으로 이뤄진, 작은 영지의 기사단 수준의 규모이지만, 그 실력만큼은 하나하나가 정예라고 알려져 있었다.

하지만 이는 잘못 알려진 정보였다.

'실제, 우리 루딘의 규모는 대규모 기사단 수준을 훨씬 뛰어넘었지.'

루딘 용병단의 다섯 번째 조의 조장을 맡고 있는 '칼릭 브루만' 은 새삼 자신들의 규모를 떠올리며 실소했다.

세상에 알려진 30~50명 단위의 규모는, 사실 그들 용병단의 일부가 움직인 수준밖에 되질 않았다.

20명을 한 개 조로써 활동하는데, 보통 큰 규모의 의뢰라 하더라도 두 개 조가 함께하는 정도로 끝이었다.

의도적으로 암전의 눈과 귀를 속이기 위한 그들 나름의 처방이었다.

그들은 오랜 세월, 꾸준히 활동을 이어오면서 이름을 알렸고, 한편으로는 세상모르게 규모도 늘려왔는데, 지금에 이르러서는 정규단원의 수가 무려 300을 넘어, 이제는 대규모 용병단으로 불러도 아깝지 않은 수준이 되어 있었다.

갑작스레 그간의 변화를 떠올리며, 옛 기억을 상기하게 되는 이유는 별 것 없었다.

'공주저하께서 밖으로 나오셨단 말이지.'

그는 루딘의 초창기 멤버이며, 동시에 현 스페렌의 국왕 리베이트의 그림자이기도 했다.

때문에 조원이 가져온 소식에 저도 모르게 옛 과거를 회상하게 된 것이다.

[스페렌의 3공주가 비문을 걸치고 있었습니다.]

리베이트와의 관계 때문일까?

항시, 스페렌의 주변에는 그들 루딘의 단원들이 자리해 있었고, 틈틈이 왕성과 스페렌의 상태를 살피는 게 일과가 되어 있기도 했다.

새롭게 들어와서 루딘의 역사를 모르는 단원들이야 간혹 불만은 제기하지만, 조장을 비롯하여 루딘의 시작을 함께 했던 이들에게는 너무나 당연한 일과이기도 했다.

그 덕분에 스페렌의 3공주 프레이트의 외유와 더불어, 독특한 비문 역시도 발견할 수 있었다.

새롭게 받아들인 단원들도, 그저 옛 비문이라고만 알고 있는 그것의 정체는 국왕 리베이트가 그들에게 보내는 전언이기도 했다.

'비문이라….'

때문에 옛 기억을 회상하는 것이며, 때문에 이처럼 심장이 뛰는 것이기도 했다.

오랜 세월을 기다려다.

[잊어라.]

옛 기억 속, 그들의 주인이자 단장이던 이가 말했다.

[너희는 너희의 삶을 살아라.]

명령이라면 명령일 수 있었다. 하지만 그럼에도 불구하고 그들은 루딘으로써 오랜 세월 그들의 주군을 기다렸다.

안다.

그가 돌아올 수 없다는 걸 안다.

스페렌의 국왕!

그 자리를 지켜야 한다.

스페렌의 국민!

그 세상을 지켜야 한다.

때문에 그가 돌아올 수 없음을 알았다. 하지만 그들은 언제든 그의 힘이 되기를 바라며, 이처럼 스페렌의 한편에 눈과 귀를 두고 숨결을 흘리고 있었다.

그리고 드디어 지금, 그들의 주인이 그들에게 신호를 보내왔다.

3공주 프레이트!

그녀에게 입혀진 복장은 그들 루딘의 단장이 오래 전 고향을 떠나 세상으로 향할 때, 그 당시에 입고 있던 바로 그 복장이었다.

칼릭이 활짝 웃으며 자리에서 일어났다.

❖ ✣ ❖

그건 실로 특별한 하루였다.

하지만 그렇다고 해서 그들 관계가 특별히 변한 건 아닌 모양이었다.

"가자!"

냉랭한 어투로 툭 하니 뱉어내는 프레이트의 한마디는 에던으로 하여금, 지난 시간이 착각이었나 싶은 생각까지 들게 만들었다.

안타깝게도 그 뜨겁던 열기를 떠올리기에는 주변 날씨가 너무도 싸늘했다. 이 차디찬 한기로 인해 머리가 굳어버린 모양인지, 제대로 된 상상력이 발휘되질 않았다.

결국, 뒷머리를 긁적이며 바삐 프레이트의 뒤를 쫓을 수 밖에 없었다.

❖ ✣ ❖

혹시라도 감정적 흔들림이 들킬까 싶어, 최대한 냉랭한 어투로 말을 건네고 바삐 걸음을 옮겼다.

다행스러운 건, 그가 뒤에 있다는 점이랄까?

화끈!

떠올리기 싫어도 자꾸만 떠오르는 그 뜨거운 공기와 분위기 그리고 열기가 지금 이 순간에도 머릿속을 맴도는 듯, 연신 얼굴을 뜨겁게 데우고 있었다.

이 얼굴을 들키기 싫어, 더욱 걸음을 재촉하고 있는 것이기도 했다.

[그 놈 잡아라!]

떠나기 전, 부친이 그녀에게 했던 이야기가 생각났다.

대외적으로는 리베이트의 개인수련에 의해, 국왕의 연무장이 통째로 붕괴되었다고 알려졌지만, 부친과의 면담을 통해 그게 아님을 알았다.

그렇잖아도 그에게 끌리던 찰나였기에, 주저 없이 '안내자' 역할을 받아들였다.

'…그가, 떠난다고?'

놓치고 싶지 않다는 생각이 더 크기도 했다.

동생에 대한 걱정은 하지 않았다.

[1왕비가 돌아올 테니, 에트라인은 걱정 말거라.]

모친의 귀환에 대해서 들은 까닭이었다. 때문에 과감히 그를 따라 왕국을 벗어날 수 있었다.

'에던 파인드!'

새삼스레 그의 이름을 머릿속에 새겼다.

❈ ✣ ❈

은연중에 생기는 거리감 때문일까?

달라진 공기는 본인들보다 주변에서 먼저 느낄 수 있었다.

"그래. 그렇단 말이지…."

셰릴은 가볍게 보고서를 구기며 안광을 번뜩였다.

멀찍이서 에던을 감시하던 그녀의 그림자가 보낸 보고서를 통해, 하루 사이에 변한 남녀의 분위기를 전달받았다.

그림자 역시 여인이었기에, 남녀 사이의 변화를, 특히 여인의 변화를 민감히 포착해낸 것이다.

이런 사태를 대비하여 일부러 눈썰미나 감이 좋은 그림자를 붙인 것인데, 그저 추측성 보고일 뿐이더라도, 그녀의 남다른 눈썰미를 생각한다면, 신뢰도는 제법 높았다.

때문에 보고서를 찢어발기는 셰릴의 손길에 자비란 없었다.

"그랬단 말이지…."

갈기갈기 찢겨진 보고서에 불이 붙었다.

화르르륵…

셰릴은 그 불길을 눈에 담으며, 조용히 재가 되는 보고서를 지켜봤다.

새하얀 재가 남을 때까지, 그렇게 지켜만 봤다.

❖ ✣ ❖

스페렌의 영역을 벗어났을 때, 조금씩 날씨가 변화하는 걸 느꼈다.

춥고 시리기만 하던 공기에 점차적으로 온기가 섞여드는가 싶더니, 어느 순간을 기점으로 눈발이 그치고 햇빛을 마주하는 시간이 늘어난 것이다.

'그래! 이게 여름이지.'

극적으로 느껴졌던 까닭일까? 에던은 감동의 눈물까지 흘릴 뻔 했다.

점차적으로 입고 있던 옷의 두께도 얇아질 무렵, 에던은 열기를 더해가는 햇살만큼, 점차적으로 늘어가는 시선의 따가움도 함께 느낄 수 있었다.

'누구…?'

대개 연공법을 통해 오러를 쌓은 이들의 경우, 자연스레 흘러나오는 오러의 파장을 통해 주변의 기척을 인지할 수 있는데, 이를 섬세하게 다룰 줄 아는 이들의 경우에는 그 인지의 영역이 실로 방대하다 싶을 정도로 늘어나고는 했다.

초인들의 경우 자신들의 가문 전체를 감각권에 두고 있을 정도로 그 인지영역이 특별할 정도였다.

하지만 오러홀이 파괴된 에던의 경우, 지금까지는 이 같은 방법으로 기척을 찾아내기가 어려웠다.

그저 본능적으로 위협의 순간을 읽어 내거나, 극히 한정된 영역 안에서만 기척이나 흔적을 찾아내는 정도였다.

하지만 스페렌에서 한계를 넘고, 별의 영역에 발을 들이는 순간, 그는 각성감각을 통해 오러를 익힌 초월자들과 비슷한 인지영역을 구축할 수 있었다.

생사의 경계를 걷는 만큼, 주변을 따르는 생의 기운이 자동적으로 읽히는 것이다.

그 덕분일까?

점차적으로 늘어나는 추격자 혹은 감시자들의 시선을 생생히 느낄 수 있었다.

스페렌에서부터 쫓아오던 이들의 경우에는 두 부류로 짐작됐다.

'프레이트 공주의 호위… 그리고 레드문인가.'

그로 하여금 프레이트의 유혹을 견뎌내게 만들던 또 다른 이유이기도 했다.

새롭게 늘어난 시선들은 스페렌을 벗어나던 무렵부터

느껴졌었는데, 이들의 경우에는 앞서 두 부류와는 다를 것 같다는 예감이 들었다.

작게나마 짐작 가는 이들이 있기는 했다.

'암전?'

하지만 선뜻 그들로 확정짓기는 어려웠다. 그들 남녀가 스페렌을 나설 때, 왕실의 비밀통로를 이용했던 까닭이었다.

프레이트의 호위들은 그 즈음부터 이미 인지하고 있었다. 그리고 레드문으로 짐작되는 시선은 스페렌의 수도를 벗어나던 무렵부터 느껴졌었다.

두 번째 시선을 레드문으로 짐작하는 이유라면 간단했다.

그냥 알 수 있었다!

'셰릴의 기척이 느껴졌으니까.'

초월자들이 그 기척만으로 상대의 정체를 인지하는 것과 비슷한 종류였다.

비록 그 출발선이나 경로는 다르지만, 그 역시 초인의 경지에 오른 만큼, 나름의 영역 구축은 확실하게 갖춘 것이다.

'하지만 그녀 본인은 아닌 것 같고….'

그저 비슷하다고 해야 할까?

아마도 그는 모를 특별한 방법을 통해 감시자를 붙였을 거란 결론을 내릴 뿐이었다.

그런 의미에서 새롭게 따라붙는 이들의 경우에는 전혀 생소했다.

'암전이 맞나?'

왠지 아닐지도 모른다는 느낌이 강하게 들었다. 특히, 저들에게서 적의가 전해지지 않는다는 부분에서 더욱 이 같은 예감에 힘이 실렸다.

머리를 긁적이며 그 시선에 대해 골똘히 생각하면서도 그들을 향해 걸음을 옮기지는 않았다.

상당한 거리를 두고 있는 까닭이었다.

'뭐… 초월자니 뭐니 해도, 결국 육체능력은 별 볼일 없으니.'

물론, 일급용병 수준의 신체능력이 부족하다는 건 아니지만, 다른 초월자들에 비한다면 여러모로 뒤떨어지는 건 분명했다.

경지에 오르며 감각이 한층 날카로워졌으나, 육체적인 변화가 따로 있던 건 아니었다.

[바디 체인지!]

초인들의 경우 한 번씩은 겪는다는 신체적 변화로써, 대개 급작스런 변화와 시간을 들인 장기적 변화, 이렇게 두 부류가 있는데, 아직까지 뚜렷한 변화가 없는 것으로 봐서는 후자에 속할 거라고 추측하고 있을 뿐이었다.

'그것도 아니라면….'

다른 방식으로 경지에 든 까닭에, 그 결과 역시도 다른 형태로 나올 지도 몰랐다. 그로써는 조금은 슬픈, 그런 열린 결말을 염두에 둬야만 했다.

여하튼 이 같은 이유로 다른 초월자들처럼, 거리를 무시하며 휙휙 뛰어갈 만큼 여력이 넘쳐나질 않는 까닭에, 그저 느껴지는 시선들을 일일이 체크하는 정도가 할 수 있는 전부였다.

물론, 귀찮다는 이유도 한 몫 하고 있었다.

게다가 지금은 프레이트와 함께 움직이는 만큼, 어느 정도는 시선에 익숙해져야 한다는 생각도 있긴 했다. 때문에 저들을 비롯한 감시자들을 크게 신경 쓰지 않으려 했다.

하지만 더 이상 그렇게 방관하기가 어려울 모양인지, 지켜보던 시선들 중 일부가 거리를 좁혀오는 게 느껴졌다.

그 순간 에던의 걸음이 멈췄다.

앞서가던 프레이트가 뒤늦게 이를 알아채고는 눈살을 찌푸리는데, 에던의 표정과 눈빛에서 비쳐지는 무거운 분위기를 전해 받은 듯, 표정을 고치며 주변을 살폈다.

산중이었던 까닭일까?

오래지않아 의문스런 이들이 다가들고 있음을 알았고, 다가드는 인영을 확인한 프레이트는 은밀히 검을 잡기 좋은 위치로 돌렸다.

거리가 가까워질 즈음, 그녀의 눈가에 한 줄기 이채가 스쳐갔다.

다가드는 이는 총 다섯이었는데, 그들 중 한명에게서 일족의 향기를 맡은 것이다. 수인족의 피를 깨운 실력자라는 걸 직감했다.

그 순간 에던 역시도 다가드는 이들에게서 나름의 향을 맡았다. 일종의 동질감이라고 할 수도 있었는데, 거리가 좁혀지는 순간, 직감적으로 그가 먼저 물었다.

"…루딘?"

그들에게서 풍기는 진한 동류의 향기가 이 같은 질문을 던지게 만든 것이다.

동시에 최전방의 사내가 정중히 고개를 숙였고, 뒤따르던 이들도 이를 따르듯 예를 취했다.

프레이트는 그 잠깐의 대화와 반응들을 통해서, 저들이 리베이트가 이야기했던, 부친의 옛 전우들이라는 걸 알 수 있었다.

'나이대로 봐서는….'

그녀의 시선이 최전방의 중년사내에게로 향했다. 수인족의 향이 느껴졌던 사내였는데, 뒤의 넷은 생각보다 그 연령대가 젊어 보이는 것으로 봐서는 최전방의 사내만이 부친의 옛 전우였을 확률이 높아보였다.

대화는 길지 않았다.

그저 짤막한 행동만으로 모든 이야기가 오갈 뿐이었다.

팅!

에던이 품 안에서 자그마한 금화를 튕기고, 이를 받아든 최전방의 중년사내가 두 눈을 부릅뜨더니, 재차 고개를 숙였다.

그렇게 허리까지 접히는 극도의 예를 보이는가 싶더니, 이내 받았던 금화를 다시금 에던에게 돌려줬다.

이를 받아든 에던은 금화를 한 차례 손 안에 돌렸다.

루딘 용병단의 단장을 증명하는 메달이었는데, 중년사내는 이를 단번에 알아봤기에 극진한 예를 취한 것이다.

하지만 오히려 그 눈빛이나 태도에서는 짙은 경계심이 피어나고 있었다.

그 의미를 잠시 고민하던 에던이 짧게 한마디를 던졌다.

"그분의 뜻입니다."

많은 의미가 함축되어 있었다. 지긋이 에던을 응시하던 중년사내가 정중한 어투로 입을 열었다.

"루딘의 다섯 번째 이빨! 칼릭 브루만입니다."

그 소개에 에던이 답했다.

"에던 파인드입니다. 세간에는 사신 운트로 알려져 있습니다."

순간, 칼릭을 비롯하여 함께하던 다른 이들까지 동시에 눈을 부릅뜨며 에던을 바라봤다.

생각지도 못했던 상대의 정체가 그들의 평정심을 흔들어 놓은 것이다. 하지만 그것도 잠시일 뿐이었다. 빠르게 제자리를 찾는 동공과 표정에서, 그들의 단련도가 엿보였다.

'루딘….'

그 절제된 태도에서 새삼스레 눈앞에 있는 이들이 업계의 전설이라는 걸 깨달을 수 있었다.

"모시겠습니다."

그 말과 함께 칼릭이 앞장을 섰고, 나머지 넷이 에던과 프레이트를 호위하듯 좌우로 나눠졌다.

❖ ✣ ❖

그건, 실로 생각지도 못한 물건이었다.

'단장의 증표라니.'

칼릭으로써는 잊을 수 없는 메달이었다.

의심?

안타깝게도 그의 곁을 지키는 동행자, 3공주 프레이트의 존재가 메달이 진품이라는 걸 증명하고 있었다.

그녀의 복장에서 이미 리베이트의 전언을 직감하지 않았던가.

'진정… 당신의 뜻입니까?'

에던에게서 메달을 받았을 때, 리베이트가 바라는 것이 무엇인지 짐작할 수 있었다.

[새로운 루딘의 단장!]

그게 바로 등 뒤를 따르는 젊은 용병이었다.

'사신이라….'

분명, 지난해를 기점으로 대륙을 제법 달궈놓은 존재였다. 당연하게도 그 역시도 들은 적 있었다.

'차세대의 초월자!'

들리는 소문의 절반만 들어맞아도, 그들 루딘의 단장으로써 부족하지는 않을 거라 여겼다.

'저 젊은 나이에 그만한 실력자라면, 확실히….'

칼릭의 머릿속이 복잡해져갔다.

'내 선에서 해결할 수 있는 일이 아니야.'

부단장을 비롯하여 루딘의 각 조장들이 한자리에 모일 필요성이 느껴졌다.

❖ ✣ ❖

생각보다 험난한 여정이었다.

어째서인지 길을 막는 이들이 많았고, 지나는 마을마다 사건 하나씩은 꼭 연루되기도 했다.

뿐만 아니라 때로는 길을 잘못 드는 경우도 있었는데, 뒤늦게 확인해보면 표지판에 문제가 있는 상황이 대부분이었다.

그 즈음에 어렴풋이 짐작할 수 있었다.

'방해꾼인가?'

미지의 개입을 느낀 것이다.

'…누구?'

감각권에 걸리는 이들이 없었다는 건, 그만큼 치밀하며

은밀하다는 의미였다. 느낌상으로는 한 개인이 아닌 세력이란 예감이 강하게 들었다.

하지만 그럼에도 불구하고 빠르게 경로를 바로잡으며 길을 나아갔다.

그 정확한 목적지는 모르나, 목표에게로 향할 방법이 있었다.

빛과 어둠!

그에게로부터 비롯된 두 정령이 안내역을 자처하기 때문이다.

물론, 방해꾼의 존재를 뒤늦게 알아챈 까닭에, 생각보다 많은 시간을 허비했지만, 그럼에도 불구하고 결국 그에게로 도달할 수 있었다.

그리고 보았다.

'여자?'

그의 곁을 지키는 여인이 보였다.

'…에던 운트.'

레일라의 입가에 미소가 그려졌다.

하지만 왠지 그 눈빛만은 차갑게 식어갔다.

❖ ✣ ❖

갑작스런 난입자들의 등장에 걸음을 멈춰야만 했다.

'루딘?'

한 눈에 그들의 정체를 알아봤다. 그와 접촉하는 최전방의 사내를 알고 있는 까닭이었다.

물론, 상대측에서는 모르는 부분이었다.

[레드문의 주인, 밤의 여왕!]

그 특별한 위치에 있기에, 그녀도 정보로써만 아는 정도일 뿐이었다.

'루딘이 어째서?'

문득, 떠오르는 게 있었다.

[젊은 놈이 건방지게 까불기에 잘근잘근 밟아줬었지.]

세릴이 한창 배움에 전념하던 시절, 스승에게 전해 들었던 이야기 중 하나로써, 루딘의 단장에게 도전을 받고 겨뤘던 내용이었다.

물론, 당시 스승과 루딘의 단장의 실질적인 연령대 자체는 크게 다를 게 없었다.

하지만 연령대와 달리 실력의 격차는 상당했는데, 그녀와 마찬가지로 스승 역시도 젊은 나이에 별의 영역에 든 덕분이었다.

[건방지게 내가 연상인데, 반말을 찍찍 하잖아!]

물론, 실제로 나이가 조금 더 많기도 했다.

어쨌든 이 당시 스승은 루딘의 단장에게서 성장의 가능성을 봤고, 그 때문에 루딘 용병단에 대한 정보를 제법 세세하게 조사해놨었다.

'분명히… 루딘의 단장이 스페렌의 왕실과 연관이 있을

지도 모른다고 적혀있었지.'

그렇다면 저 갑작스런 등장이 조금은 납득이 갔다.

'3공주 프레이트.'

이미 에던의 동행인에 대한 조사도 끝난 상황이기에, 저 의외의 조합을 통해 도출된 새로운 정보가 머릿속으로 차곡차곡 쌓이고 정리되기 시작했다.

"그런 건가."

오래지않아 셰릴의 머릿속으로 하나의 결론이 내려졌다.

"국왕 리베이트! 역시, 그가 루딘의 단장이었나."

한 차례 고개를 끄덕이던 그녀의 시선이 에던에게서 벗어나 다른 방향으로 향했다.

'흐음….'

저 멀리 눈살을 찌푸리게 만드는 인물이 숨어있음을 알았다.

'…레일라 드라필만.'

다시금 그녀의 시선이 에던에게로 돌아갔다.

"쯧!"

그녀의 눈 위로 뜨거운 불길이 일렁거렸다.

❖ ✣ ❖

뒤늦은 깨달음이라고 해야 할까?

"…아!"

화들짝 놀란 에던이 돌연 몸서리를 치는가 싶더니, 대뜸 옷깃을 여미는 모습을 보였다.

드디어 제대로 된 여름이라며, 하나 둘 옷을 벗어던지던 그간의 모습과는 상반된 행동에 프레이트가 의아한 듯 바라봤지만, 에던은 그 시선에 신경 쓸 겨를이 없었다.

'레일라? 셰릴?'

분명, 희미한 기척이었지만 그녀들의 존재감을 느꼈다.

"꿀꺽…."

마른침을 삼키는 그의 시선이 조심스레 주변을 살폈다. 옷깃을 여미는 손짓이 애처롭게 떨리고 있었다.

2. 증명!

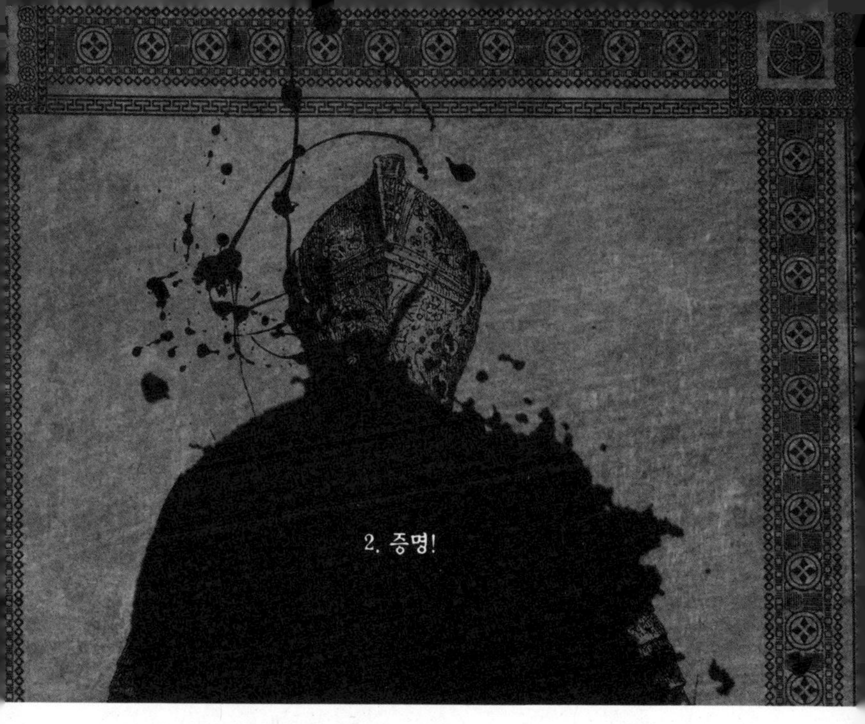

2. 증명!

알려지진 않았지만, 루딘의 단장 자리는 공석이다.

'그건… 암전도 모르는 부분이지.'

거기까지 생각하던 루딘 용병단의 부단장 '아헬트 발파른' 의 시선이 아래로 내려갔다. 새로이 날아든 보고서가 그의 손안에 잡혀 있었는데, 이를 수차례 들여다보다 작게 한숨을 내쉬어야만 했다.

'굳이 그 자리를 공석으로 둔 이유를 정말 모르시는 걸까?'

옛 주인 혹은 단장의 얼굴을 떠올리며 가볍게 이마를 두드렸다.

"사신, 운트라…."

확실히 뜻밖의 소식이기는 했다.

'…선택하라는 것입니까.'

고민이 거듭됐다.

긴 세월 단장의 자리를 공석으로 둔 채, 굳이 거짓된 연기까지 비쳐가며, 세상에는 단장이 건재하다는 어필을 해왔다.

나름의 이유가 있었다.

[그분께서 돌아오실 수 있게!]

오로지 단 한명만이 그들의 지도자로 올라설 수 있기 때문이다. 그 같은 이유로 아헬트는 단장 자리를 비워둔 것이다.

이는 그 혼자만의 뜻이 아니라, 루딘의 초기 단원들 모두가 합의한 부분이었다.

거기에는 그림자였던 이들도 있지만, 몇몇 리베이트의 뜻에 합류했던 인원들도 존재했다. 뿐만 아니라 루딘의 지도아래 성장한 초기 하급 단원들 역시 포함되어 있었다.

그만큼 리베이트라는 사내가 루딘의 단장으로써 그들에게 특별했던 것이다.

게다가 아헬트를 비롯한 그림자들은 국왕이라는 자리가 지닌 어려움을 알기에, 혹여 있을 사태에 대비해 리베이트의 도피처 역할도 해주고자 했다.

물론, 언젠가는 새로운 단장을 뽑아야 할 것이다. 단지 거기에 부단장을 비롯한 초기 단원들이 포함되어 있지 않을 뿐이었다.

'그래도 기왕이면…'

옛 주인이 돌아오거나, 그게 아니더라도 그 후계에게 자리를 물려주고 싶은 마음이 있었다.

최초에 만들어졌던 루딘 용병단은 순수하게 그들만의 새로운 영역을 구축하기 위함이었기 때문이다.

세월이라는 게 지나고, 이런저런 다툼이 발생했으며, 특히 암전과의 대립으로 인한 여파로 본의 아니게 규모를 키우고 명성이 알려지게 되었지만, 원래 루딘의 초기에 바라던 건 그들만의 공간이었다.

때문에 칼릭에게 3공주 프레이트의 소식을 들었을 때는 적잖은 기대감을 가졌었다.

그들 역시도 한때는 스페렌의 일원으로써, 무려 왕실의 그림자들 중 한명이었다. 또한, 현 국왕의 그림자들 중에는 그들의 옛 동료이며 동기였던 이들이 가득했다.

알게 모르게 소통이 이뤄지고 있는 것이다.

'뭐… 따로 알아보기도 하고 있지만.'

그 덕분이라고 해야 할까?

왕실의 소식에도 제법 정통한 부분이 있었다. 그리고 이런 이유로 3공주를 비롯한 8왕자까지, 1왕비의 아이들이 겪는 고초를 잘 알고 있기도 했다.

국왕 리베이트가 1왕비를 얼마나 아끼는지 알기에, 8왕자가 그들에게로 올지도 모른다는 예감, 혹은 기대감이 있었다.

실제로 옛 동료였던 그림자들과의 소통 중에, 그 같은 내용도 몇 차례 언급된 적이 있기도 했었다.

리베이트는 그들에게 자유를 줬다.

'그렇지만… 우리가 원하는 건 그게 아니니까.'

오히려 얽매이기를 바란다고 해야 할까?

'…매료된 거지.'

리베이트라는 사내에게 그들은 흠뻑 빠져있었다.

왕실의 그림자로써 주술적으로 각자의 주인에게서 얽매이는 게 기본이라지만, 그들은 주술적 의미 이상으로 리베이트를 따랐다. 리베이트와 헤어지던 날 주술적인 해방을 얻기도 했다.

말인 즉, 주술이 아닌 그들 본연의 의지라는 의미였다.

용병단을 버리고 왕실로 향하고자 했던 이들도 많았지만, 이미 체계를 갖춰버렸던 루딘이었다.

게다가 그들 전부가 떠나버리면, 하급 단원들은 암전의 마수에서 버텨낼 수 없을 만큼 당시의 전투는 치열했다.

지금처럼 그저 눈치싸움만 하는 정도가 아니었다.

그렇게 루딘의 핵심적 역할을 하던 단원들 대부분이 남아야만 했고, 리베이트의 그림자는 본의 아니게 양분되어야만 했다.

'지금… 떠나기에는 너무 늦어버렸지.'

쓴웃음을 짓던 그가 다시금 보고서로 시선을 돌렸다.

"사신, 운트라…."

대륙적으로 퍼진 소문으로 인해, 모를 수가 없는 이름이었다.

"우선… 확인을 해 볼까."

소문의 진위를 먼저 가릴 생각이었다.

❖ ✣ ❖

루딘!

암전으로써는 여러모로 골치 아픈 단어였다. 그들의 비밀 시설을 해체하며 수십 년의 시간을 통째로 허비하게 만들고, 또 여전히 소모시키게 만드는 이들이기 때문이었다.

그 사건으로 인해 여러모로 마찰이 빚어졌지만, 하나같이 정예들밖에 없는 루딘 용병단의 실력은 그들 암전으로 하여금 연이은 피해만 축적하게 만들 뿐이었다.

물론, 암전이 무조건적으로 당하기만 하는 건 아니었다. 그들 역시도 루딘에 타격을 입힌 적이 수차례 있었다.

'하지만….'

그럼에도 불구하고 아직도 루딘은 존재했고, 변함없이 그 명성을 높여갔으며, 여전히 암전을 괴롭히는 중이었다.

어떻게?

의문 속에서 내린 결론이라면 하나였다.

'규모가 잘못 됐다!'

알려지기를 많아야 50명 남짓의 소규모 기사단 수준이라고 했다. 허나 지금까지의 상황을 생각한다면, 이는 맞지 않는 이야기였다.

'정보가 틀렸다!'

그간 입혔던 피해를 생각한다면, 최소 3~4배 이상 되는 규모일 거라 여겼고, 최악의 상황까지 가정한다면, 이미 그들은 루딘이라는 명맥이 이어질 수 있게, 그들 나름의 체계까지 갖춘 상태일지도 몰랐다.

'어쩌면… 대규모 용병단!'

그런 이유로 루딘과의 마찰에 좀 더 신중을 가하게 되었고, 우선 동향을 살피는 걸 중점적으로 여기게 되었다.

루딘이 소규모 용병단이 아니라는 결론과 동시에, 그들을 대하는 자세에 큰 변화가 일어난 것이다.

그저 복수심만으로 상대할 단체가 아니었다.

'게다가….'

최근 들어온 정보는 그들을 한층 경계하게 만들었다.

'스페렌의 국왕과 제법 깊은 관계까지 갖췄단 말이지….'

말인 즉,

'왕국적인 지원까지 받는 용병단일지도 모른다.'

이 같은 부분은 암전으로써도 긴장감을 높일 수밖에 없게 만들었다.

그 와중에 뜬금없는 소식 하나가 날아들었다.

“루딘을 발견했다?”

거기까지는 그리 특별할 게 없는 내용이었다. 루딘에 대한 소식이야 그들을 주목하고 있는 만큼, 수시로 날아들기 때문이다.

중요한 건 그 다음이었다.

“스페렌에서부터 동선이 목격돼?”

그렇잖아도 리베이트 국왕의 소식으로 인해, 스페렌 왕국에 대한 경계가 강화된 상황이었다.

당연히 눈이 번쩍 뜨일 수밖에 없었다.

“흐음… 요인 보호라.”

누군가를 호위하는 듯 보인다는 소식이었는데, 왠지 모르게 찜찜한 느낌이 남아있었다.

루딘이라는 단체의 특성상, 호위 임무라면 특히 더 그 은밀함에서 감탄사가 나올 정도의 수준이었다.

아무리 스페렌의 경계를 강화시킨 상황이라지만, 그들을 발견하고 뒤를 쫓고 있다는 소식에서 좋지 못한 예감이 들었다.

“뭐, 상관없겠지.”

기본적으로 그들 암전은 루딘과의 마찰은 피하지 않는다. 그들에 대한 정보가 바뀌고 상황도 변했다지만, 루딘을 두려워 한다는 건 아니었다.

“일단… 가볍게 간을 좀 봐야겠군.”

결정이 내려지고, 암전이 움직였다.

❖ ✣ ❖

루딘과의 합류 때문일까?

'왜 이러지?'

프레이트는 갑작스레 안절부절 못하는 에던의 태도에서 기이한 불안감을 느꼈다.

'정말… 루딘 때문인가?'

하지만 칼릭과의 첫 대면에서 보여주던 그 당당함을 떠올리면, 그건 아닐 것 같다는 예감이 더 강했다.

그럼 저 기이한 태도는 무엇이란 말인가?

'게다가… 이 불안감은 또 뭐지?'

이해하기 어려운 일이지만, 에던의 모습을 보고 있자니, 그녀의 마치 체하기라도 한 것 마냥, 가슴 한편이 묘하게 답답해졌다.

그의 감정이 전해진 것일까?

'아니면….'

다른 이유라도 있는 걸까?

여자의 직감이라는 부분이 왠지 모르게 자꾸 걸리는 것 같았다.

"무슨 일입니까?"

걱정스레 물어도 돌아오는 대답은 하나였다.

"별 거 아닙니다. 그냥… 갑자기 날씨가 변해서, 조금 놀란 모양이네요."

당연히 믿지 않았다.

'초월자가?'

날씨에 몸살을?

'어디서 약을 팔아!'

물론, 부친의 이야기와 그간 옆에서 지켜본 결과를 더해 봤을 때, 그가 초월자들에 비해 신체적인 부분에서 부족함이 있다는 걸 알았다.

하지만 그는 분명 별빛을 품은 자였다.

'대답하기 싫다는 건데….'

할 수 없다는 듯, 한 걸음 물러날 수밖에 없었다.

❖ ✣ ❖

레일라는 저 멀리 보이는 에던을 바라보며 조용히 뒤를 따랐다.

합류할까도 싶었지만, 그 주변을 호위하듯 따르는 인원들과 그녀처럼 멀찍이서 거리를 두고 추격하는 이들로 인해, 일단은 지켜보기로 한 것이다.

게다가 한 번 그를 찾아낸 이상, 그를 놓치지 않을 자신도 있었다.

감히 자신하건데, 그녀의 감지영역은 초월자와도 비견된다고 자부했다.

별빛을 품은 건 아니었지만, 그녀가 지닌 마법과 새로이 깨우친 정령술의 조화가 이를 가능케 한 것이다.

게다가 감지가 아닌, 단일 대상에 대한 '감시'만을 놓고 본다면, 초월자들의 영역 그 이상일지도 몰랐다.

일단 그를 발견하고 시야에 둔 이상, 굳이 급하게 그를 찾아가기보다는 상황을 보고 판단을 내리기로 한 것이다.

그렇게 얼마나 지켜봤을까?

'저건….'

새로운 방향에서 추격자들이 더해지는 게 보였다.

헌데, 그저 조용히 뒤를 따르기만 하던 기존의 추격자들과 달리, 그들에게서 전해지는 적개심이 그녀의 감각에 선명히 잡혀들었다.

정령술을 통해 민감해진 감각 덕분일까?

풍기는 기운 자체도 상당히 좋지 않다고 여겨졌다. 게다가 그 실력 자체도 만만찮아 보이는 이들이었다.

'흐음….'

하지만 나설 생각은 없었다.

놀랍게도 그녀가 인지하는 순간, 저 멀리 에던의 시선이 돌아가는 걸 본 것이다. 정확히 새로운 추격자들을 향한 방향이었다.

과거였다면 그가 인지하기 어려운 거리였다.

'…변했어!'

여러모로 그가 예전과 다르다는 걸 직감하는 순간이었다.

❖ ✣ ❖

새로운 추격자들의 등장과 동시에 그들의 정체를 직감했다.

"암전!"

셰릴은 그들이 암전의 정예라는 것 역시 한눈에 알아봤다.

'사냥개인가?'

루딘 용병단 때문이었던지, 그 숫자도 만만치가 않았다.

'어디… 그동안 얼마나 변했는지 확인이나 좀 해 볼까.'

찰나의 순간, 에던의 시선이 먼 거리를 넘어 그녀에게로 시선이 향하는 걸 봤고, 이를 통해서 그가 이미 그녀를 인지하고 있음을 알고 있었다.

어쩌면 그가 벽을 넘어, 별에 닿았을지도 모른다는 예감이 들었다.

때문에 당장 그를 찾아가기 보다는 좀 더 지켜볼 생각으로 조용히 뒤를 따랐다.

거기에는 루딘에 대한 호기심도 일부 있었다.

암전이 감당하기 어려워하는 만큼, 레드문 역시도 그들에 대한 정보는 여러모로 부족한 부분이 많았다.

때문에 지켜보기로 한 것이다.

'용병계의 전설이라….'

문득, 암전이 급속도로 거리를 좁히는 게 보였다.

'벌써 움직이는 건가.'

공기가 일변하는 게 느껴졌다.

❖ ✣ ❖

에던은 끊임없는 불안증에 시달려야만 했다.

'레일라, 셰릴….'

처음에는 아닌가도 싶었지만, 끝없이 느껴지는 그녀들의 기척은 그로 하여금 확신을 갖게 만들었다.

일정한 거리를 유지한 채, 그저 뒤만 따르는 그녀들의 일관된 모습이 괜스레 압박감을 더하는 기분이었다.

프레이트의 존재로 인해 더욱 신경이 쓰인다고나 할까?

'미치겠네.'

뒷목이 뻐근해지고, 골머리가 아팠다.

그런 찰나, 갑자기 주변의 분위기가 변하는가 싶더니, 사방을 압박하며 음습한 바람이 밀려들었다.

'이건….'

전장의 향기였다.

상당히 먼 거리였지만 작정하고 달려드는 것인지, 순식간에 바람은 폭풍처럼 들이닥쳤고, 어느새 시야에 그 음습한 한기의 정체를 드러내기 시작했다.

그리고 이 즈음 루딘의 단원들이 모습을 드러냈다.

에던 주변을 호위하던 이들이 아닌, 멀찌감치 거리를 둔 채 사방을 경계하던 단원들이었는데, 그들은 일정 간격을 두고 멈춰선 채, 기존 호위들의 범위 바깥에 새로운 경계선을 쌓았다.

"암전입니다."

과연, 루딘이라고 해야 할까?

오랜 기간 다퉈왔던 까닭인지, 단번에 저들의 정체를 알아본 칼릭이 그리 경고하며 훌쩍 경계선의 최전방으로 향했다.

한 차례 그 뒷모습을 바라보던 에던이 저 너머의 습격자들에게로 시선을 던졌다.

칼릭과 마찬가지로 그 역시 습격자들의 등장과 동시에 그 정체를 눈치챌 수 있었는데, 이유는 생각보다 간단했다.

'망자!'

한 차례 느껴본 적 있는 습한 공기를 맡은 까닭이었다. 자연스레 각성감각의 활성화가 극한까지 이뤄지고, 저 멀리 망자들의 죽음을 향한 궤적이 그려졌다.

이 정도의 거리에서 벌써부터 죽음을 본다는 건, 확실히 저들 망자가 일반적인 이들과는 다름을 느끼게 만들어줬다.

과거, 각성감각의 활성화가 이뤄지기 전, 그가 보는 궤적은 '예측'의 영역에 있었다. 하지만 각성을 이룬 지금은 '예지'라고 부르기에 부족함이 없는 영역에 닿은 상황이었다.

'뭐… 절대적인 건 아니지만.'

리베이트와의 대결이 이를 증명하는 부분이기도 했다.

어쨌든 에던은 그간 경험을 통해, 이 죽음의 궤적이 지닌 선명함에서 그 절대성도 상당부분 뚜렷해지는 걸 알고 있었다.

미래가 불가해하듯, 궤적 역시도 하나로 일축된 건 아니다. 단지, 그 중에서도 눈에 띄는 것들이 존재할 뿐이었고, 에던은 그 위에 검을 올리는 것이다.

그런 의미에서 저 멀리 다가드는 망자들의 경우, 그 궤적이 보여주는 선명함을 통해 예지의 절대성의 완성도가 높다는 걸 알 수 있었다.

'생사의 경계라….'

리베이트를 통해 저들 망자의 정체가 생의 기운을 뽑아 쓰는 일종의 인체실험의 결과물들이라 들었다.

때문에 이 궤적 역시도 그와 연관이 있음을 직감하고 있었다.

'얼추… 백은 넘어 보이네.'

절로 눈살이 찌푸려지는 수였다. 그도 그럴게 저들 망자들의 정체가 대부분 밑바닥을 벗어나지 못한 몰이꾼이거나, 그와 비슷한 위치의 용병들이라는 걸 아는 까닭이었다.

그 역시 저들과 같은 위치에 있었기에, 더욱 마음이 쓰이는 것일지도 몰랐다.

마지막 희망을 안고 암전에 몸을 담았건만, 저처럼 희생을 당했다는 부분이 특히 더 거슬리게 느껴졌다.

이 같은 동질감을 일으키는 이유들 때문일까?

'일단… 좀 지켜보자.'

거기에는 루딘의 실력을 확인하고 싶은 이유도 제법 컸다.

◈ ✣ ◈

거리는 금세 좁혀졌다.

애초부터 숨길 생각도 없었다는 듯, 대놓고 달려드는 까닭에, 암전과 루딘은 순식간에 전투를 위한 간격에 접어들었고, 거침없이 서로에게 달려들었다.

카카카카카캉…

요란한 칼부림과 함께 사방에서 불꽃이 튀었다. 그리고 이 격렬한 첫 격돌과 동시에 칼릭은 두 눈을 부릅떠야만 했다.

'망자!'

그 역시도 루딘의 초기 단원이자 리베이트의 그림자로써, 옛 암전의 비밀시설을 경험한 적이 있었다.

당시 망자들에게 동료를 잃었던 기억 역시도 생생했다.

그 때문일까?

마주하고 검을 부딪치는 순간 그들의 정체를 알아낼 수도 있었다.

이미 스페렌의 그림자들과 은밀한 소통으로, 암전에서 저들을 다시 탄생시켰음을 알았고, 많은 루딘의 단원들이 이를 정확히 조사하고자 대륙 곳곳으로 흩어져 파헤치는 중이었다.

'언제가 만날 줄은 알았지만.'

설마하니 그게 지금일 거라고는 생각지도 못했다.

검을 쥔 손에 긴장감이 어렸다. 옛 기억이 일순 떠오르며 감정적인 흔들림이 일어난 것이다.

"망자출현!"

그의 짧은 외침과 수신호에 루딘 단원들의 눈빛이 돌변했다. 그들이 비록 초기 단원들처럼 망자를 직접 겪은 건 아니었으나, 스페렌에서 날아든 정보를 통해, 이미 단원들에게 교육이 끝난 상황이었다.

물론, 교육을 통해 마땅한 대처법을 마련한 건 아니었지만, 망자들의 생명력이 질기다는 것이나, 전투력이 남다르다는 점 등은 확실히 주지시킬 수 있었다.

끝났다고 생각하며 방심하는 순간, 역으로 당했던 과거의 쓰린 경험을 저들에게는 물려주지 않기 위한 조치였다.

한층 경계심이 강화된 상황에서, 다시금 루딘과 암전의 망자들이 격돌했고, 점차적으로 피가 튀며 뜨거운 열기를 더해가기 시작했다.

❖ ✣ ❖

냉정하게 판단했을 때, 루딘과 암전의 망자들 각 개인의 전력은 크게 차이가 나질 않았다.

'선임기사 수준인가.'

루딘 단원들의 실력은 평균적으로 그 정도였다. 단지 몇몇 고위 기사급의 실력자들이 끼어있었는데, 바로 그들이 저들 루딘이 더 많은 암전의 망자들을 상대로 버티게 하는 원동력으로 보였다.

에던은 암전의 망자들을 상대로 루딘이 보여주는 전투 방식을 유심히 지켜보다, 짧게 탄성을 내뱉었다.

'합격진인가.'

그것도 상당히 고위의 합격진로 여겨졌다. 고위의 합격진은 마법사들의 마법진과 마찬가지로, 지닌바 힘이나 실력 이상의 능력을 발휘할 수 있게 만들어준다고 알려져 있었다.

다섯씩 조를 이룬 그들은 각기 네 방위를 점하면서 에던의 주변을 지키고 있었는데, 그 안에는 고위 기사급의 실력자가 한명씩 끼어있었다.

그리고 바로 이들이 합격진의 중심축을 이루며 시기적절하게 단원들의 호흡을 조절하고 있었다.

기이한 건 각기 다른 종류의 합격진을 사용하는 것 같았는데, 전체적으로는 그들 사이의 기이한 연대가 이뤄지고 있다는 점이었다.

지켜보던 에던은 저들이 펼치는 네 개의 합격진이 절묘하게 어우러지며, 각기 상승작용을 더하는 것 같다는 생각을 했다.

'착각은… 아니겠지.'

무려, 루딘이었다.

저 현상 역시도 그들이 만들어낸 구도라는 걸 직감할 수 있었다.

'그건 그렇고….'

에던의 눈가에 옅은 주름이 끼었다.

서걱!

동시에 검이 휘둘러지고 무너지듯 쓰러지는 그림자가 보였다.

암전의 망자였다.

지켜보는 틈틈이 몇 차례 망자들과 마주했는데, 이제와 그 수를 세어보니 어느새 두 자릿수로 넘어가고 있었다.

'지금이 딱 열명인가.'

의문 혹은 의심이 들었다.

루딘이 보여주는 합격진의 수준은 상당히 높았다. 오랜 세월 전장을 걸치며 다양한 합격진을 보고 경험해 봤기에, 이 부분에서는 단언할 수 있었다.

뿐만 아니라 완성도 역시 최상급으로 여겨졌다.

'그런데도 틈이 생겼단 말이지.'

작은 틈이었으나 망자들이 걸음을 하기에는 충분한 여백이었다. 비쳐지는 합격진의 완성도를 생각해 본다면, 그 틈은 이해하기가 어려운 부분이 있었다.

'게다가….'

몇몇 루딘의 단원들이 그를 관찰하듯 바라보는 시선도 신경이 쓰였다.

'이건, 꼭 시험당하는 기분인데.'

착각일까?

'…그런 건가.'

확신했다.

'시험이었나.'

느낌이 왔다. 미묘하게 열린 저 틈은 그에게로 향하는 통로였다. 망자들과의 대치를 통해 그의 실력을 확인하고자 하는 것이다.

[증명사신!]

그들이 원하는 걸 알 수 있었다.

❖ ✣ ❖

사전에 계획된 일이었다. 하지만 망자들의 출현까지는 예측범위 안에 없었다.

멀찍이서 전장의 상황을 살펴보던, 루딘의 세 번째 조장 '탈릭 아부른' 의 눈가에 짙은 주름이 새겨졌다.

마도구를 통해 거리를 무시하며 전장의 상황을 살피고 있기에, 칼릭의 수신호를 읽을 수 있었고, 덕분에 망자들의 출현을 알게 되었다.

예측범위 바깥의 상황을 알리기 위해, 의도적으로 그에게 보내는 수신호로 여겨졌다.

사실, 이 갑작스런 암전의 출현은 사신의 실력을 확인하고자, 루딘 측에서 암전에게 정보를 흘리고 그들을 끌어들인 것이었다.

겸사겸사 스페렌에 집중되는 듯 보이는 암전의 시선도 흩어놓기 위한 작업 중 하나이기도 했다.

물론, 만약의 사태를 대비하고자 그들 세 번째 이빨이 따로 합류하고자 찾아와 대기 중이었다.

그런데 지금 그 '만약' 의 사태가 발생해 버렸다.

'망자라니….'

그 역시 초기 단원으로써, 암전 그리고 망자라는 단어에 치를 떠는 사내였다.

마치 언데드를 연상시키는 생명력과 선임 기사급의 실력을 지닌 망자들의 위험성 역시 잘 알았다.

그런 망자의 수가 세 자릿수는 되어 보였다.

'위험하다!'

수신호를 읽자마자 자리를 박차고 일어났다. 비록 한 개 조원의 수가 20명 남짓이라고는 하나, 암전의 사냥개 일백도 충분히 상대할 수 있는 게 그들 루딘의 전력이었다.

그들의 실력과 더해, 오랜 세월에 걸쳐 완성시켜온 합격진의 존재가 이를 가능하게 하는 것이다.

하지만 망자라면 이야기가 달랐다.

'저 질긴 놈들이라면….'

합격진의 견고함에 금이 갈 수도 있었다. 때문에 더욱 속도를 더하며 전장으로 향했다.

그 와중에도 전장의 상황을 살피는 걸 잊지 않았는데, 그러다 발견할 수 있었다.

위기 속에서도 충실히 '계획'한 바를 실행하는 칼릭의 행동으로 인해, 합격진에 틈이 생기고 거기로 망자가 침입하는 모습이 보였다.

이내, 에던과 망자가 격돌했다.

'흡…!'

저도 모르게 뛰박질이 멈춰버릴 정도로 충격적인 장면이 이어졌다.

한 번의 칼질!

그리고,

무너지는 망자!

기억 속의 그 지긋지긋한 망자들과 달리, 다시금 일어날 기미 같은 건 비치질 않았다. 끝난 것이다.

'그… 한번에?'

게다가 핏물이 솟구치는 장면도 없었다.

충격이었다.

무언가 잘 못 되었나 싶었지만, 다른 루딘의 단원이 상대하는 망자들은 피범벅이 된 상태에서도 꾸역꾸역 일어나 검을 드는 게 보였다.

기억 속 그 모습 그대로인 것이다.

그렇다면 왜?

에덴의 검에는 일어나질 못하는 거란 말인가.

'…사신!'

새삼 그 단어가 머릿속을 맴돌았다.

◈ ✣ ◈

한 칼에 한 명씩.

에던은 그 이상 검을 놀리지 않았고, 그것만으로도 충분히 망자들은 죽음을 맞이할 수 있었다.

그리고 이렇게 쓰러진 망자들의 수가 벌써 스물이었다.

이 즈음부터 틈이 사라졌다.

슬슬 호흡을 조절하기가 버거워진 것일까?

더 이상 합격진에 틈은 없었고, 그를 관찰하는 시선도 느껴지지 않았다. 오로지 전투에만 집중하는 모습만 보였다.

하지만 그럼에도 간혹 틈이 벌어지고는 했는데, 이는 루딘이 의도했다고 하기 보다는 저들 망자들에게 밀려서 만들어진 것으로 여겨졌다.

그만큼 루딘에게서 여유가 사라졌다는 의미였다.

"후우…."

나직한 한숨과 함께 에던이 프레이트를 바라봤다.

"여기 꼼짝 말고 있어요."

"그게, 무슨 소리…?"

질문을 채 듣기도 전에 에던이 앞으로 향했다.

그의 이 갑작스런 걸음에, 일순 칼릭을 비롯한 루딘의 단원들이 흔들렸고, 공간이 크게 열리는 게 보였다.

"크아아악!"

기이한 괴성을 내지르며 망자가 그곳으로 신형을 들이밀었다.

서걱!

그래서 베었다.

그리고 넘었다.

그렇게 죽음 이라는 강을 건너 사신이라는 집행자가 전장 속으로 발을 디뎠다.

베고 또 베어도 다시금 일어나는 망자들과의 전투는 그들 루딘에게도 당혹스러움 그 자체였다.

용병계의 살아있는 전설로 불리는 만큼, 그들은 다양한 경험을 했고, 그만큼 많은 전투를 치렀으며, 하나같이 뛰어난 전사들이라 자부할 수 있었다.

하지만 그럼에도 불구하고 망자들은 그들을 버겁게 만들었다.

몬스터와 관련된 의뢰를 받아 재생의 괴물이라는 트롤도 상대해봤고, 언데드 관련 의뢰를 통해 각종 좀비들을 비롯한 망령들과의 전투고 겪어봤다.

하지만 눈앞의 살아 숨 쉬는 망자들은 그런 경험으로도 감당하기 어려운 부분이 분명 존재했다.

눈으로 비쳐지는 것과 몸으로 겪는 부분에서의 괴리감은 특히 그들의 호흡에 묘한 흔들림을 줬다.

자연히 합격진의 흐름에도 균열이 일어날 수밖에 없는 상황이었는데, 그런 시기에 그가 나섰다.

'사신….'

루딘의 단원들은 사내의 뒷모습을 일제히 바라봤고, 이어지는 장면에 전율했다.

'사신.'

어떻게 답을 내려야 할지 모를 망자들이 무너져 내리는 게 보였다.

분명 검에 베였건만, 피 한 방울 비치지 않는 광경에서 일순 연극을 보는 것인가 싶은 착각마저 일었다.

바닥에 눕고 일어나지 못한 채, 하나의 풍경이 되어가는 망자들의 모습은 찰나지간 현실성을 망각하게 만들 정도였다.

한 칼에 한 명씩!

정확히 그거면 충분했다. 그렇게 총 여든 번이 넘는 칼질이 끝났을 때, 더 이상 살아 숨 쉬는 망자는 없었다.

'사신!'

그 비현실적인 풍격 속에서, 이상하게도 그 단어만이 현실적으로 느껴지는 순간이었다.

3. 천적!

3. 천적!

전장에 뛰어들고 난 뒤, 겨우 여든 번 남짓의 칼질이었다. 세 자릿수도 안 되는 그 칼질에 상황이 끝났다.

별 것 없는 동작이고 횟수였다. 하지만 겨우 그 두 자릿수의 칼질로 인해, 에던은 어마어마할 정도의 박탈감을 느껴야만 했다.

앞서, 리베이트와의 전투에서도 경험한 적 있는 부분으로써, 궤적을 보는 것 자체에는 큰 심력이 소모되진 않는다.

하지만 그 길 위에 올라서는 순간, 마치 체력이 딸려나가는 느낌을 받고는 했다.

게다가 상대의 실력에 비례해서 그 타격도 더욱 컸다.

물론, 특유의 회복력 덕분인지, 빠른 속도로 체력이 회복되는 걸 느낄 수 있었다.

"푸후우우우…."

길게 이어지는 한숨 속에서 에던은 금세 체력이 회복되었음을 알았다.

이 부분이 또 아이러니였다.

궤적을 쫓아 딸려나간 체력은 죽음 속에서 다시금 차오르는 것이다. 특유의 회복력과 이 같은 기이한 현상이 더해져, 그야말로 순식간에 원상복구가 되는 느낌이었다.

리베이트와의 전투가 힘들었던 건, 그가 시작부터 끝까지 변함 없이 팔팔했던 이유도 컸다.

가볍게 숨을 고른 에던이 발길을 돌렸다. 그를 경계하는 루딘의 단원들의 모습이 보였는데, 충분히 그럴 법도 하다고 여겼다.

선임 기사급의 실력자가 거진 일백이었다. 죽음을 거부하던 그들의 몸짓을 생각한다면, 그 까다로움은 보통 수준이 아니었다.

헌데, 그런 이들을 너무도 쉽게, 피 한 방울 보이지 않은 채, 그림처럼 마무리한 것이다.

아무리 살아있는 전설이라 불리는 루딘 용병단이라 할지라도, 이 순간만큼은 에던에게 압도될 수밖에 없었다.

그 중에서도 칼릭의 충격이 가장 컸다.

'차세대의 초월자라고…?'

루딘의 단원들 중에서도 가장 오랜 경험을 지닌 초기 멤버인 만큼, 그는 실로 다양한 경험을 할 수 있었다.

때문에 알 수 있는 것이다.

'이미 그는 초인이다!'

마른침이 절로 삼켜지는 부분이었다. 이 같은 정보를 들은 기억이 없는 까닭에, 지금 이 상황이 더욱 당혹스럽게 여겨졌다.

감히, 초월자를 상대로 시험하려 했다.

초인에게 증명하기를 원한 것이다.

아무리 루딘이라 할지라도 이 같은 행위가 주는 부담감이 결코 가볍지 않음을 알았다. 그런 이유로 저도 모르게 눈치를 보게 되는 것인데, 놀라운 건 에던의 태도였다.

"출발 안 합니까?"

별 일 없었다는 듯, 너무도 태연한 모습으로 그리 물어오는 것이 아닌가.

'후우….'

그제야 안도의 한숨을 내쉰 칼릭이 조심스레 단원들을 정리시키고, 다시금 길을 나설 준비를 갖췄다.

원래대로라면 이곳 현장의 정리를 해야 하겠으나, 지금은 에던을 신경 써야 하는 까닭에, 즉각 움직이기로 결정을 내린 상태였다.

간단한 수신호를 통해, 멀찍이서 대기하고 있는 다른 조원들에게 수습을 부탁하는 것도 잊지 않았다.

❖ ✣ ❖

"으음…."

절로 침음성이 새나왔다.

'사신, 운트!'

탈릭은 새삼스레 그 존재감이 머릿속에 새겨지는 걸 느꼈다.

'…초월자였던가.'

조금 전 망자와의 전투는 그야말로 소름이 끼칠 정도였다. 지금껏 루딘의 단원으로써 활동하며, 이래저래 몇몇 초월자들을 곁에서 지켜본 경험이 있었다.

그 때문에 더더욱 몸서리가 쳐지는 것이다.

'사신만이 가능한 일이다!'

다른 초월자들에게도 지금과 같은 깔끔한 죽음의 선고는 어려웠을 터였다. 오로지 저 사내만이 가능한 일이라는 걸 직감했다.

동시에 그가 어째서 '사신'이라고 불리는지도 깨달았다.

슬쩍 주변을 돌아보니, 그 못지않게 놀란 얼굴로 경악하고 있는 단원들이 보였다.

다급히 거리를 좁히다 보니, 마도구가 없어도 살필 수 있는 거리가 되었고, 그로 인해서 다른 단원들 역시도 전장 상황을 눈에 담을 수 있었던 것이다.

몇몇은 그와 마찬가지로 마도구를 통해 그처럼 전장을 살피고 있던 이들도 있었다. 물론, 그들은 그의 조를 대표하는 실력자들로써, 합격진의 중심축이 되는 이들이기도 했다.

여하튼 전장에 펼쳐진 장면은 실로 충격적인 광경이었기에, 그 여운이 제법 길게 이어졌다.

그것이 그저 순수한 놀람일지, 그도 아니면 다른 긍정적 혹은 부정적 감정의 발현일지는 모르겠으나, 분명 작게나마 각자의 공부에 도움이 될 수도 있다고 여기며, 잠시간 그들의 감정적인 수습을 기다려 주기로 했다.

그러며 시선을 더 멀리 넘겨, 넓게 주변을 살폈다.

'어딘가에서 보고 있겠지?'

사냥개는 몰이꾼이 있듯, 망자에게도 그 나름의 보조적 존재들이 있을 거라 여겼다. 애초에 그들이 던진 떡밥에 선뜻 걸려든 것 자체가 믿을 수 없는 부분이었다.

'이 참에, 우리를 상대로 망자들의 전력을 실험하려는 속셈이었겠지.'

그와 더불어 기왕이면 루딘에게 꼬리를 붙이려는 계획도 있었을 것이다.

탈릭을 비롯한 루딘의 세 번째 이빨들은 만약의 사태를 대비하기 위한 지원군이며, 동시에 이 같은 암전의 수작을 저지하기 위한 보조 및 정리의 역할도 있었다.

'크큭… 한 방 제대로 먹어서 정신이 없겠군.'

의도치 않은 상황이기는 했지만, 어쨌든 저들 암전의 망자들을 끌어올렸고, 에던이라는 외인을 통해 암전에게 심적 타격도 제대로 줬다.

그 역시 충격을 받았던 상황이지만, 암전에 비한다면야 부족할거라 여기니, 내심 유쾌해지는 기분은 어쩔 수가 없었다.

하지만 그와 달리 눈빛과 표정은 더욱 날카롭고 딱딱하게 굳힌 채, 매섭게 주변을 살피고 있었다.

숨어있을 암전의 흔적을 찾기 위함이었다.

만약의 사태가 지나갔다고는 하나, 아직 그들의 일이 끝난 건 아니었다.

❖ ✣ ❖

브락셀 티모르!

이번 망자들의 출전에 따라붙은 원로회의 인사 중 한명으로써, 그의 임무는 루딘을 상대로써 망자들의 전력을 확인하는 것이었다.

그 숫자만 해도 무려 세 자릿수에 달하는 망자들을 이끌고 온 만큼, 루딘도 무사하기는 어려울 거란 판단을 내렸다.

이는 그 뿐만 아니라 다른 원로회의 회원들 역시 동의하는 부분이었다.

생각했던 그대로의 결과가 나오려 했다.

'망자가 아니라 사냥개였다면 어려웠겠지만….'

사냥개와 달리 베고 또 베어도 다시 일어나서 달려드는 망자들의 광기에, 언뜻 루딘의 기세가 꺾여가는 것 역시 느껴졌다.

그리고 이 즈음 '그'가 나섰다.

이내 허무하게 스러져가는 망자들을 봤다. 뒤늦게 루딘의 경계영역 안에 쓰러져있는 망자들 역시 발견했다.

루딘에 집중하느라 그 너머를 확인하지 못한 것이다.

'저자….'

전율이 일었다.

'…망자들의 천적이다!'

한 눈에 알아봤다. 모를 수가 없었다.

베고 또 베어도 그 생명력의 원천이 마르기 전에는 얼마든지 다시 일어나는 게 바로 망자들이었다.

그가 보기에는 루딘과의 전투가 치열하긴 했을지언정, 그 원천이 마를 정도는 아니었다.

헌데, 에던의 검에 닿는 순간, 마치 지푸라기라도 되는 양, 허무하기 무너져 내리는 것이 아닌가.

상황이 이러니 모를 수가 없었다.

'당장… 알려야 한다!'

루딘의 일원인지, 아니면 또 다른 알 수 없는 세력의 일원인지는 모르겠으나, 분명한 건 상대가 그들 암전의 수십 년

실험의 결과물을 물거품으로 만들 수도 있다는 점이었다.

마치, 도망치듯 그의 신형이 그곳을 벗어났다.

❖ ✣ ❖

루딘의 이동은 주로 산악지역을 중심으로 이뤄졌다. 그들 활동의 특성상 시선을 피해야 하는 까닭이었는데, 그렇다고 해서 무조건적으로 민가를 피하는 건 아니었다.

'산만 타다가 보면, 오히려 흔적이 드러날 수 있으니까. 적당히 시선을 교란하려면, 사람들 사이에 섞이는 게 제일이지.'

에던은 그런 이유로 적당히 사람 사이에 섞여들며 발자국과 동선 등에 혼선을 주는 것이라는 걸 잘 알았다.

그 스스로가 도주에 있어서는 일찌감치 특급을 찍었다고 자부하는 만큼, 루딘의 이동 방식에 대해 모를 수가 없었다.

거기에 더해 틈틈이 변장도 이뤄졌다.

"안내자 분께서는… 남장을 해 주셔야 할 것 같습니다."

루딘 측에서도 이미 프레이트가 공주라는 걸 알고 있었지만, 그녀가 '프렌' 이라는 가명을 사용하고 있는 만큼, 안내자로써 그녀를 대하려 노력하고 있었다.

그리고 이런 루딘의 제안에 대처하는 프레이트의 대응도 놀라웠다.

"이미 남장 중인데요?"

"아…."

"아…."

에던과 칼릭이 동시에 입을 쩍 벌렸다. 그 와중에도 빠르게 표정을 수습한 칼릭이 바삐 이야기를 이었다.

"…그러…시군요."

하지만 당혹감이 남아있음은 어쩔 수가 없었다.

'저게…남장을 한 거라고?'

오랜 시간을 함께 동행해왔던 에던 역시도, 지금 이 순간이 되어서야 깨닫게 되는 진실이었다.

"그… 러고 보니, 확실히 변장을 하셨었군요. 변장이 남장이죠. 그렇습니다. 여자의 변장은 무죄… 그러니까. 크흠! 그래도 기왕이면 조금 더 보충을 하시면 좋겠습니다."

당황한 것일까? 조금은 두서없는 칼릭의 이야기가 이어지고, 결국 프레이트의 변장을 보충하는 것으로 결론이 났다.

물론, 말이 보충이지, 그냥 새롭게 하는 것이었다.

그렇게 새로운 모습을 한 채, 산자락을 벗어난 뒤 마을로 들어간 일행들은 오랜만에 멀쩡한 숙소를 잡고, 노숙의 찬바람에서부터 벗어날 수 있었다.

일행이라는 걸 숨겨야 하는 까닭에, 각자 조를 이뤄서 갈라졌는데, 막상 자리를 잡은 숙소들을 살펴보면, 그리 멀지 않은 장소에서 서로를 확인할 수 있는 거리를 두고 있다는 걸 알 수 있었다.

하지만 분명한 건, 거리가 있다는 점이었고, 에던으로써는 이 부분이 너무도 두려울 뿐이었다.

'아… 안돼….'

느낌이 왔다.

'온다….'

기왕이면 루딘의 단원들과 한 방을 쓰고 싶었건만, 여전히 그들과의 사이를 좁히지 못한 까닭에 쉽지 않았고, 그렇다고 프레이트와 한 방을 쓴다는 건, 스스로 목을 죄는 행위였다.

덜컹…

창문이 열리는 소리가 들렸다. 눈을 질끈 감은 채 코를 골았다.

"커거걱… 컥…."

빡!

"…꺽!"

시원한 타격성과 함께 에던이 목을 부여잡으며 일어났다. 찰나의 순간, 정말로 숨이 넘어갈 뻔 봤다. 아니, 목이 부러져도 이상하지 않을 충격이었다.

당장이라도 두 눈이 튀어나올 듯 부릅뜬 그의 시선 속으로 어둡고도 두려운 그림자가 잡혔다.

"셰… 쿨럭… 셰릴!"

그녀가 활짝 웃으며 손을 흔들었다.

"오랜만이야. 달링!"

여기서 과연 마주 손을 흔들어야 할까? 아니면 화를 내야 할까? 그도 아니면,

'…울까?'

많은 갈등 끝에서 나온 대답은 간단했다.

빡!

안기듯 달려든 셰릴이 그의 답을 대신해 준 것이다.

헌데, 이게 정말 안긴 것일까? 갈비뼈가 부러진 것 같은 통증은 무엇이란 말인가.

"쿨럭!"

연이어 터져 나오는 헛기침 속으로 언뜻 붉은 빛이 비쳤다.

"달링하고 따로 만나기가 어찌나 힘들던지, 하마터면 루딘하고 전쟁이라도 치를 뻔했잖아."

품 안에서 활짝 웃으며 그리 이야기하는 셰릴의 모습에 절로 등골이 오싹해졌다. 그간 봐 왔던 그녀의 성격을 떠올린다면, 충분히 가능한 이야기란 생각이 든 까닭이었다.

피 맛 나는 마른침을 꼴깍꼴깍 삼키고 있노라니, 그녀의 아찔한 질문이 이어졌다.

"나 없는 동안 재미 좀 봤나봐?"

느낌이 왔다.

'아는구나!'

프레이트와의 일을 들켰음을 직감했다.

"오… 오해다. 침착해. 우선, 내 말을 듣고 생각을 하는 게…."

빠악!

치명적이었다. 숨이 넘어가는 수준이 아니라, 영혼이 날아가는 고통이라고 해야 할까?

사타구니로 향하는 에던의 손길이 바르르 떨리고 있었다.

그 사이로 날선 셰릴의 무릎을 힘겹게 밀어내려고 하지만, 오히려 더욱 파고들며 비비고 들어왔다.

"끄어… 으… 어…."

비명인지 신음인지 모를 괴성을 내지르는 그를 향해 셰릴이 꼬옥 그의 허리를 껴안으며 속삭였다.

"아프니?"

고개를 끄덕이고 싶었지만, 몸이 통제를 따르지 않았다.

"나도 아프다!"

그러면서 재차 무릎을 비비고 들어오는데, 그 순간 광활한 우주가 눈앞에 펼쳐졌다.

잠시 정신이 멀리 날아가는 순간이었다.

아무리 단 둘 뿐이라지만, 이 건물 안에만 해도 루딘의 단원들이 무려 다섯이 있었고, 거기에 더해 수인족의 피를 깨운 여인도 한명 포함된 상황이었다.

나름대로 조치를 취하기는 했으나, 개중에는 뛰어난 인물도 있는지라 미흡함이 있음을 알았다.

때문에 이런 환경에서 격렬한 몸싸움은 무리라는 결론을 내렸고, 즉각 그를 껴안고 뒹굴었다.

빠악! 빡! 빠악…

그 와중에 터져 나오는 요란한 타격성은 그녀의 애정이 폭발하는 것일 뿐이었다.

"꺼흐…."

제대로 된 비명성도 내지르지 못한 채, 신음하는 그의 모습을 보고 있노라니, 새로운 가학적 사상이 눈을 뜨려 했지만, 일단 그보다 중요한 건 '징벌' 이었다.

우둑!

허리를 껴안은 손에 힘이 들어가고, 거슬리는 잡음이 새어나왔다.

일찌감치 반격을 작정하고 그녀를 막아섰더라면 모를까. 이미 선수를 내어주고, 거기에 더해 아예 간격까지 허락한 상황이었다.

반격?

더 이상 꿈도 꿀 수 없는 단어였다.

"꺼으흐으…."

그저 신음성을 높이며 울부짖는 게 그가 할 수 있는 전부였다. 부디 가까운 누군가가 들어주기를 바라며, 그렇게 목소리를 높이지만, 안타깝게도 이마저도 허락되지 않았다.

'읍….'

입술을 덮어오는 따뜻한 온기에 깜짝 놀랐다. 셰릴이 그의 입을 입으로 막은 것이다. 뭐라 말을 하려는 순간, 두 눈을 부릅떠야만 했다.

콰득!

혀를 씹힌 까닭이었다.

달콤한 낭만적인 그런 게 아니었다. 진득한 핏물이 느껴지는 아찔하고도 고통스러운 의미로써, 말 그대로 잘근잘근 씹고 있었다.

"푸하아아…."

숨을 고르려는 듯, 멀어지는 그녀의 입술 사이사이 벌겋게 묻어있는 핏자국이 보였다.

"끄르륵…."

게거품 혹은 피거품을 무는 에던의 모습에 작게나마 가슴속의 열기가 달래진 것일까?

슬쩍 무릎이 떨어져 나오고 허리를 감았던 손이 풀리며 둘 사이에 조금씩 공간이 생겨나기 시작했다.

그 순간 기다렸다는 듯, 에던이 몸부림을 쳤다. 반격을 위한 몸부림이 아닌, 그저 아파서, 미칠 듯 아프고 또 아파서 내비치는 몸부림이었다.

"아프니?"

문득, 날아드는 그녀의 물음에 에던이 겨우겨우 진정을 하며 그녀를 바라봤다.

셰릴이 핏빛 미소를 지어보이며 재차 입을 열었다.

"여기저기 함부로 놀려댔으니, 아파야 정상이지. 안 그래?"

그러며 무릎을 슬쩍 세우는데, 그 각을 보고 있자니 절로 사타구니가 오그라들었다.

한동안 사내구실은 못할 것 같은 통증에, 눈물이 나올 것 같았다.

그렇지만 셰릴은 허락하지 않을 모양이었다.

"뭐, 오랜만에 만났으니까. 벌만 주기는 좀 그러네."

설마 싶은 마음에 쳐다보고 있노라니, 그녀의 상의가 슬쩍 풀어헤쳐지는 게 보였다.

'아… 아니야. 안 돼!'

지금 이 순간, 그녀의 행동은 결코 상이 아니었다.

'그… 그러지마….'

절레절레 젓는 그의 고갯짓과 간절한 눈빛을 아는지 모르는지, 어느새 그녀의 새하얀 살결이 드러나고 있었다.

다시금 그와의 공간을 좁힌 그녀가 속삭이듯 입을 열었다.

"잘 세워야 할 거야…."

징벌은 아직 끝난 게 아니었다.

❖ ✣ ❖

기회라고 생각한 순간, 뜻밖의 방문자가 등장하면서 발길을 붙잡았다.

'…누구?'

상대가 모습을 드러내기 전까지는 그 존재를 알아채지 못했다는 점에서, 심상치 않은 실력자라는 걸 직감할 수 있었다.

레일라는 딱딱하게 굳은 얼굴로 신형을 붙잡았다. 한층 발전한 정령술과 마법의 조화로 인해, 남다른 감지영역을 지니고 있건만, 그 사이를 파고들었다는 부분에서, 떠오르는 단어가 있던 까닭이었다.

'초월자!'

특히, 부친을 통해 오래토록 초인을 가까이서 지켜봐 왔기 때문일까?

상대의 정체를 빠르게 짐작할 수 있었다.

'밤의…여왕?'

어둠에 가렸다고는 하나, 충분히 알 수 있었다. 그 외모가 젊은 미모의 여인이라는 걸, 한 눈에 알아봤다. 부친에게 들은 이야기와 정보들을 중심으로, 저 나이대의 여인 중 별빛을 품은 존재라면 한 명 밖에 없다는 결론을 내린 것이다.

레일라의 두 눈이 한층 서늘하게 변해갔다. 정령을 통해 확장된 감각이 방 안에서 벌어지는 일을 전해준 까닭이었다.

상대도 그녀의 존재를 알고 있는 듯 보였다. 헌데도 저 스스럼없는 행위는 무엇이란 말인가.

마치, 그녀에게 보란 듯 행동하고 있는 것 같단 느낌마저 들었다.

'에던… 운트!'

어째서인지 그에게 화가 치밀었다.

"꺼흐… 으흑…."

어렴풋이 들려오는 비명인지 신음성인지 알 수 없는 괴이한 그의 음성에, 레일라의 얼굴 가득 한기가 일렁거렸다.

❖ ✣ ❖

생각지도 못한 소식이었다.

'망자의 천적?'

원로회에게 있어서는 그야말로 하늘이 무너지는 것과 같은 소식이었다.

'브락셀의 소식이 사실이라면, 망자를 위한 우리의 실험은 그야말로 물거품이 될 수도 있다!'

만약, 천적이라고 불린 그 사내가 루딘의 일원이고, 저들 루딘에 그 같은 존재가 한둘이 아니라면?

오랜 세월 쌓아온 집념의 결정체가 한 순간에 공중분해되는 것과 같았다.

'먼저… 그 자에 대해서 조사를 해야 한다!'

암전에 비상이 걸리는 순간이었다.

❖ ✣ ❖

날이 밝고 새 아침이 찾아왔다.

오랜 만에 편안한 잠자리를 가진 까닭일까?

일행들 대부분이 제법 개운한 얼굴로 방을 나왔다. 하지만 유일하게 단 한 사람만은 오히려 더욱 피로가 쌓인 얼굴로 계단을 내려와야만 했다.

[에던 파인드!]

미리 내려와서 대기하고 있던 루딘의 단원들이 일제히 그에게로 시선을 보냈다.

어째서인지 걸음걸이도 이상했다. 어기적대는 걸음걸이에 의문을 느낀 칼릭이 조심스레 물었다.

"어디… 불편한데라도 있으십니까?"

이에 에던이 핼쑥해진 얼굴을 한 채, 고개를 저어보였다.

"괜찮습니다."

'전혀, 안 괜찮아 보이는데.'

실제로 칼릭의 속마음처럼, 에던의 상태는 정상이라고 하기에는 무리가 있었다.

지난밤, 갑작스런 방문자로 인해 피골이 상접하게 시달린 까닭이었다.

밤의 여왕!

그녀와의 밤은 실로 두려움과 황홀함이 공존하는 절묘한 시간이었다.

안타까운 점이라면, 그 여파를 감당하기가 어려운 몸 상태라고나 할까? 환희가 고통으로 변질되는 그 감각을 밤새도록 느꼈으니, 몸이 축날 수밖에 없었다.

그의 괴물 같은 회복력으로도 감당하기 어려웠다. 마치 리베이트와의 전투를 한 번 더 치를 것 같달까?

'끄응… 그녀도 초인은 초인이니까.'

웃기지도 않는 변명을 스스로에게 갖다 붙이며, 마련된 자리를 찾아갔다.

힘겹게 의자에 착석한 채 한참을 추욱 늘어져있으니, 조금은 늦게 기상한 듯, 프레이트가 그제야 내려오는 게 보였다.

그녀 역시도 에던의 골골대는 모습을 발견한 듯, 착석과 동시에 의문을 건네 왔다.

"어디 안 좋습니까?"

"끄응… 그냥, 몸살이 좀… 오나 봅니다."

프레이트의 미간에 옅은 주름이 새겨졌다. 앞서도 사용한 적 있는 말도 안 되는 변명에, 그가 대답을 피한다는 느낌을 받은 까닭이었다.

사실, 최근 들어서 여러모로 그에게 불만이 쌓이고 있는 중이었다.

둘이서만 함께하던 여정 속에서, 한 차례 이뤄졌던 감정의 얽매임 이후, 그와의 거리감이 좁혀졌다고 여겼다.

'분명, 잠깐이지만 그런 느낌이 들었는데….'

하지만 말 그대로 '잠깐' 이었을 뿐이었다.

어느 순간을 기점으로, 돌연 그녀와 거리를 두는 것을 느꼈다. 이에 대해서 확실히 하고 싶었지만, 마침 루딘과의 합류로 인해, 선뜻 지난 '사건' 과 관련된 이야기를 꺼내기가 어려웠다.

그래서 지난 밤, 오랜만에 각자의 시간과 방을 가지게 된 틈을 타서, 그에게 찾아가려고 했다.

이야기를 나눌 생각이었다. 어쩌면 따지려는 마음도 있었을 것이다. 하지만 이를 실행할 수가 없었다.

'왜?'

갑자기 잠이 든 이유가 무엇이란 말인가. 오랜 노숙을 피한 까닭일까? 갑작스레 찾아든 따뜻한 잠자리에 육신이 풀어져버렸던 모양인지, 그대로 잠이 들어버린 것이다.

그로 인해서 바라던 만남은 가질 수 없었고, 당연히 이야기도 나눌 수 없었다.

사실, 그녀는 모르고 있으나, 갑작스런 졸음은 한밤의 방문객인 셰릴의 작품이었다.

다양한 이유가 있겠지만, 가장 중요한 건, 프레이트의 방이 바로 에던의 옆방이라는 부분에서, 일차적으로 그녀를 잠재운 것이다.

뿐만 아니라 다른 루딘의 단원들 역시 잠재운 건 마찬가지였다.

단지, 그 강도에서 차이가 있었을 뿐이었는데, 특히 그 중에서도 칼릭의 경우가 가장 어려웠다.

아무리 그녀가 초인이라고 할지라도, 상대는 고위 기사급의 실력을 지닌 루딘의 조장이었다. 거기에 더해, 수인족의 피까지 깨운 만큼, 그 감각이 유난히 날카로웠다.

밤의 여왕이라고 할지라도 쉬이 손대기가 어려운 게 사실이었다. 격한 소음을 통제했던 이유가 거기에 있었다.

이런 이유로 인해 프레이트는 에던과의 시간을 갖지 못했고, 이렇게 가슴 속 불만이 한층 쌓여야만 했다.

자연히 에던을 바라보는 시선이 날카로워 질 수밖에 없었고, 그렇잖아도 힘에 겨운 에던으로써는 이유도 모른 채 그 시선을 피하느라 심력을 낭비할 수밖에 없었다.

'에던 파인드!'

프레이트의 눈매가 날카롭게 변해갔다.

❖ ✣ ❖

대대적인 비상을 걸고, 집중적으로 정보를 분석한 덕분일까? 한 가닥 의문점과 함께 걸리는 부분을 잡아낼 수 있었다.

'3공주 프레이트가 가짜?'

스페렌의 왕실에서 활동하고 있는 프레이트 공주가 가짜라는 정보였다. 뿐만 아니라 검술선생으로 보이는 사내 역시도 가짜일 확률이 높다는 소식이었다.

사실, 이 부분은 이미 들어와 있던 정보였다. 하지만 일단 한편으로 빼어놨던 정보이기도 했다.

스페렌에 퍼져있는 암전의 정보망이 전과 같지가 않던 까닭이었다.

지난 번, 스페렌의 국왕 리베이트를 습격한 사건으로 인해, 그곳 수도를 지키고 있던 제 1암전을 해체되었고, 더불어 왕실에 잠입하느라 기존의 요원들 중 절반가량의 자리가 비어버려야만 했다.

스페렌을 향한 암전의 경계를 강화시킨다고는 했으나, 수도를 중심으로 본다면, 크게 진전이 없는 상황인 것이다.

물론, 오래지 않아 이전과 다를 것 없는 체계를 갖출 수 있을 거라 여겼다.

후계자 선전으로 인해 불만을 가지고 있는 세력들이 제법 되는 까닭이었다.

5왕비 역시도 그 같은 이들 중 한명이었다.

'그래도 아직까지는 조금 더 시간이 필요하지.'

여하튼 이런저런 이유로 인해, 당장은 스페렌 왕실에 대한 정보력이 허술한 부분이 많았다.

때문에 대부분의 정보가 추측성으로 이뤄진 것들이 많았고, 그런 이유로 3공주와 검술선생에 대한 정보도 정확도가 떨어진다는 판단을 내리고 있었다.

하지만 이 순간,

'그 둘에 대한 정보가 사실이라면?'

의문이 들었다.

'루딘의 호위를 받는다던 남녀가 혹시 그들이라면?'

스페렌의 국왕 리베이트가 루딘과 모종의 관계가 있단 결론은 이미 나온 상황이 아니던가.

만약, 그 둘이 루딘과의 교류를 위한, 일종의 사자 역할이라면?

이야기가 맞아 떨어지는 느낌이 들었다.

'설마…?'

망자들의 천적이라던 사내의 정체에 대해, 작게나마 윤곽이 잡히려고 했다.

'그러고 보니….'

앞서, 검술선생에 대해 확인하고자 보낸 망자들과 그들을 감시하던 이들의 소식이 끊겼던 게 떠올랐다.

당시에는 리베이트가 습격한 망자들을 해결하고, 직접 처리를 했을 거란 방향으로 이야기가 되고, 그렇게 결론이 났었다.

'하지만….'

만약, 그들을 처리한 게 검술선생이라면?

'사신… 운트!'

어쩌면 그 이름을 루딘보다도 위에 놓아야 할지도 몰랐다.

4. 버밀라넌.

4. 버밀라닌.

그야말로 은밀한 산중이라는 말이 아깝지 않은 그런 장소를 상상하고 있었다.

하지만 그곳은 놀랍게도 어디서나 볼 법한 흔한 규모의 영지였고, 평범하게 사람들의 터전이었으며, 특별할 것 없는 그런 일상의 공간이었다.

놀랍게도 그 같은 장소에 '루딘' 이라고 불리는 용병계의 전설은 터를 잡고 있었다.

그뿐만이 아니었다. 그들은 대륙의 구석진 곳도 아니고, 중앙대륙, 그 중에서도 상당히 그 교류가 원활하다는 라살탄 왕국의 버밀라닌 자작령에 자리를 잡고 있었다.

파격에 파격이라고나 할까?

'등잔 밑이 어둡다는 건가.'

레일라는 어딘가의 격언을 떠올리며 그들, 루딘의 영역을 바라봤다.

과연, 살아있는 전설이라는 걸까?

이곳 영지 곳곳에 숨어있는 감시의 눈길이 느껴졌는데, 이를 통해 섣부른 행동을 하기가 어렵다는 생각이 들었다.

애초에 버밀라닌 자작령이 아니라 루딘 용병단의 영지가 아닐까 하는 생각마저 들 정도로, 그들이 펼쳐놓은 감시의 장막은 견고하고 촘촘했다.

그 때문일까?

레일라는 에던과의 만남이 쉽지 않다는 걸 깨달았다.

밤의 여왕!

직접적으로 확인하지는 못했지만, 에던의 밤을 방문했던 여왕으로 보이는 여인으로 인해, 한 차례 기회를 놓쳤었다.

아쉬움을 뒤로 한 채, 다음을 노리고자 그날은 그렇게 물러나야만 했다.

하지만 설마 그 기회가 마지막이었을 줄이야.

어째서인지, 그 날 이후로 에던이 홀로 방을 쓰려고 하질 않는 것이 아닌가.

그런 이유로 간혹 마을에 머무는 날에도 이렇다 할 기회를 잡기가 어려워졌고, 그렇게 미루고 미루다 결국에는 이곳 버밀라닌 자작령까지 이르게 된 것이다.

정령의 감각과 마법적인 능력을 통해, 저들이 루딘이라는 걸 알아낸 까닭에, 더더욱 이곳 버밀라닌 자작령에서의 행동이 조심스러워질 수밖에 없었다.

명문 검가 드라필만에서 뛰어난 실력자들을 보고 자란 그녀이기에, 상대의 실력을 모를 수가 없었다. 게다가 루딘의 명성 역시도 잘 알고 있었다.

때문에 이곳 버밀라닌 자작령이 그들의 영역이라는 걸 깨닫자마자, 그 행동을 조심하게 될 수밖에 없었다.

대외적으로 활동을 하지 않는 까닭에 알려지진 않았으나, 루딘의 단장이 어쩌면 초월자일지도 모른다는 부친의 이야기를 들은 적도 있었다.

'이곳이 본진인지는 모르겠지만.'

느껴지는 감시의 눈길을 통해, 루딘의 주요 거점 중 한곳이라는 것 정도는 알 수 있었다.

'일단은….'

한 발 물러날 수밖에 없다는 걸 인정했다. 정령과 마법의 조화로 인해, 남다른 감지영역을 지닌 그녀라 할지라도, 저들 루딘의 거미줄 같은 경계망을 뚫기란 쉬운 일이 아니었다.

게다가 그렇게 성과를 이룬다고 해서, 에던과의 만남이 바라는 대로 이뤄질 거란 보장도 없었다.

'쯧….'

어째서인지 에던의 방을 찾았던 그 여인, 여왕으로 추측되는 그녀의 모습이 자꾸만 머릿속을 맴돌았다. 그와 동시에 얼굴 위로는 한층 짜증스런 감정의 골이 새겨지고 있었다.

그녀로써는 드물게도 격정적인 감정의 잔재를 얼굴에 드러내며, 그렇게 걸음을 돌려야만 했다.

일단은 한동안 머물 거처를 찾는 게 중요했다.

❖ ✣ ❖

통쾌하다고 해야 할까?

나름대로 화도 풀었고, 다른 방향의 열기도 식혔다.

'게다가 여우에게도 한 방 먹여줬으니까!'

레드문의 거점에서 각종 보고서들을 처리하던 셰릴은 가벼운 웃음과 함께 의자 깊숙이 몸을 묻었다.

에던을 찾고, 불타는 밤을 보냈다. 실제로 누군가는 정말 불타서 하얗게 재가 되어버릴 그런 밤이기도 했다.

그리고 이 날을 기점으로 그를 뒤쫓던 걸음을 돌렸다. 나름 해야 할 일들도 있었고, 루딘의 영역 깊숙이까지 발을 들이고 싶지 않기도 했기에, 볼 일이 끝나자 즉각 발길을 돌린 것이다.

물론, 초월자인 그녀가 저들의 감시영역에 걸릴 거란 생각은 들지 않았다.

하지만 그래도 쉽지 않을 거라는 예상 정도는 할 수 있었다. 자칫 그녀의 흔적이라도 남는다면, 루딘과 레드문의 관계가 틀어질 수도 있었다.

별달리 깊은 관계가 있는 건 아니었다. 하지만 그들과는 건너 건너서 나름의 인연이 있었다.

몽크!

레드문과 깊은 관계를 지닌 그들 수도사들과 루딘이 은밀한 협약관계에 있음을 알기에, 나름 루딘의 영역에 물러나면서, 그들에게 작은 양보를 해 주는 것이다.

물론, 쉽지가 않다는 이유가 더 크긴 했다.

'내가 발을 뺄 정도인데….'

여전히 그의 뒤를 쫓고 있을 레일라를 떠올리며 또 다시 실소를 흘렸다.

'…고생깨나 하겠네. 풉!'

레일라의 감지영역이 남다르다는 걸 알고 있었다. 또한, 감시에 관해서도 특별한 수준에 있다는 것 역시 잘 알았다.

그녀 역시도 비슷한 까닭이었다.

감지와 감시!

그 두 부분에 관해서만큼은 일반적인 초월자들 중에서도 손에 꼽히는 영역에 있다고 자부했다.

밤의 여왕!

레드문이 무엇이던가.

바로 어둠을 비추는 붉은 달빛이었다. 여왕은 밤거리를 비추고 살피며 보듬을 수 있는 역량이 필요하기에, 감지와 감시는 여왕들에게는 필수와도 같았다.

오랜 여왕의 역사 속에서 쌓아올린 공부인 것이다.

암살을 비롯한 암격의 공부에서 손에 꼽히는 것 역시도 이와 같은 이유였다.

그렇다고 해서, 그들이 정면 승부에 약하다는 의미는 아니었다.

몽크와의 연계를 통해서 쌓아올린 기초, 그리고 그들 여왕들의 전통을 통해 내려온 공부법이 레드문의 역사만큼 쌓이고 또 정립되어 있었다.

정면 승부 역시도 자신하는 게 바로 여왕의 자리였다.

단,

'아직은 좀….'

연령대가 증명하듯, 아직 여왕으로써의 기간이 길지 않다보니, 아직까지는 정면 승부에 관해서는 일말의 부족함을 느끼고 있었다.

드라필만에 침투하던 당시, 루드말의 영역에 섣불리 발을 들이지 못했던 것도 이 같은 이유였다.

물론, 그렇다고 해서 자신이 없다는 건 아니었다.

그녀에게 합당한 자격이 없었다면, 결코 스승이 여왕의 자리를 물려주지 않았을 것이기 때문이다.

이 같은 전통적 계승 역시도 그녀가 스스로의 능력에 자부심을 가질 수 있는 토대가 되어주기도 했다.

여하튼 감지와 감시에 관해서는 남다른 자신감을 지닌 게 바로 밤의 여왕이라는 자리였다.

그런 그녀가 보기에 레일라 역시도 뛰어난 감시자라고

생각했다.

'뭐… 그래도 나한테는 안 되지만!'

이러한 부분에서 셰릴은 또 한 번 실소를 터트렸다. 레일라의 고생길을 짐작할 까닭이었다.

거기까지 생각하던 셰릴의 시선이 아래로 내려가며, 가득 널려있는 보고서로 향했다.

죄다 암전과 관련된 것들이었다.

'망자라….'

에던과의 만남을 통해 뜨거운 회포만 푼 게 아니었다. 이런 저런 대화도 오갔고, 이를 통해서 암전의 새로운 전력에 대해서도 알게 되었다.

그 때문에 이처럼 암전과 관련된 자료들을 죄다 꺼내들어 일일이 검토 조사하고 있는 것이다.

이번 사건을 통해, 에던이 암전의 표적이 되었다는 걸 짐작한 까닭이었다. 그녀로써는 자연히 경계심이 일어날 수밖에 없었다.

게다가 굳이 에던이 아니더라도 암전의 새로운 전력이라는 부분에서 주의 깊게 살필 필요성이 있기도 했다.

레드문과 암전!

둘 다 어둠을 사는 이들이었다.

서로 간의 영역이 다르다고는 하나, 은연중에 한 발씩 걸치고 있는 부분들이 있는 까닭에, 보이지 않는 다툼이 알게 모르게 자주 발생하고는 했다.

당연하게도 저들의 전력강화는 레드문 자체적으로도 경계해야 할 사항이었다. 에던이 아니더라도 관심을 기울일 수밖에 없는 것이다.

이미 그녀의 그림자들을 비롯하여 레드문의 정보력 상당수를 암전을 향해 돌려놓은 상황이기도 했다.

'음흉한 놈들! 설마, 그런 짓을 벌이고 있었을 줄이야.'

살살 열이 오르는 건, 아무래도 에던에게 망자들의 정체나 그들의 탄생과정을 전해들은 까닭이리라.

여러모로 마음에 들지 않는 방식이었다.

그 때문일까?

보고서와 각종 자료들을 분류, 분석하는 그녀의 표정은 점차 굳어갔고 눈빛은 차갑게 식어갔다.

❖ ✣ ❖

설마 싶었던 루딘의 터전에 발을 들였다.

영역에 발을 딛는 순간, 한 눈에 알아봤다.

'휘유…경계망이 어마어마하네.'

사방에서 향해 쏟아지던 시선을 통해, 과연 루딘의 규모가 알려진 것 이상이라는 걸 알 수 있었다.

단지, 의외였던 부분은 상상하고 있던 루딘의 터전과는 전혀 다른 주변의 분위기였다.

'버밀라닌 자작령이라…설마, 버밀라닌 자작도 루딘의 관계자인가?'

이곳이 그저 흔한 거점들 중 하나일지, 주요한 거점 중 하나일지에 따라서, 버밀라닌 자작과의 관계도 생각해 봐야 할 대상일 것으로 여겨졌다.

'이 정도 경계망이라면….'

후자일 확률이 높아보였다.

그렇게 루딘의 영역 안으로 발을 들인 덕분일까?

'이젠, 살았다!'

더 이상 뒤를 따르는 서늘한 시선이 없음을 알 수 있었다.

셰릴 그리고 레일라!

그야말로 불과 얼음이라 할 수 있는, 그들 두 여인의 추격은 여러모로 골치 아픈 문젯거리였다. 그 중 뜨거운 불길에는 이미 한 차례 데이면서 징벌을 받았다.

겨우 하룻밤의 사건이었으나, 목숨의 위협까지 느꼈다.

'녀석이 죽을 뻔 봤지….'

분신에게도 삶이 있음을 경험한 중요한 하루였다. 그리고 '놈' 이 죽으면 그도 죽은 거나 다름이 없다는 것도 새삼 깨달을 수 있었다.

'살아도 산 게 아니지.'

이 와중에 시린 눈보라가 몰아친다면?

'화상 난 자리에다 얼음 대는 격이지.'

불난 자리에 물 붓는 것과는 달랐다. 틀리지 않은 처치로 보이겠지만, 통증만 완화시킬 뿐이고, 오히려 상처를 악화시키는 행동이었다.

루딘의 영역에 들어서면서 레일라의 기척이 흐려진 것을 느꼈다.

거미줄처럼 퍼져있는 루딘의 경계망으로 인해, 그녀 역시도 한 발 물러난 것으로 여겨졌다.

덕분에 안도의 한숨을 내쉴 수는 있었지만, 그렇다고 해서 상황이 완전히 끝난 건 아니었다.

"흥!"

시선을 마주치기가 무섭게 콧방귀를 뀌며 고개를 픽 돌려버리는 프레이트의 모습이 보였다.

'끄응….'

얼음을 피했지만 매서운 칼바람이 곁에 있었다. 불난 자리에 윈드 마법이 펼쳐질까 두려워 자꾸만 몸이 움츠러들었다.

'내 신세가 어쩌다가… 에휴!'

세상이 떠받들어 준다는 초월자건만, 왠지 어깨를 필 틈이 없었다.

칼릭의 안내에 따라, 루딘의 터전 내에서 따로 거처를 잡은 에던은 새삼 창밖의 풍경을 바라보며 상상과의 괴리감을 즐겼다.

'산 속 깊은 곳이 아닌 중앙대륙의 교류지역일 줄이야.'

사이사이 숨어있는 루딘의 시선도 의식하지 않는다면, 보이는 풍경 역시도 별다를 것 없는 일반적인 영지였다.

뿐만 아니었다.

거처로 잡아준 이 장소 역시도 평범한 여관이었는데, 재미있는 건 이곳을 이용하는 사람들 역시도 일반인들이라는 점이었다.

말 그대로 일상 그 자체였다.

암전 역시도 일상과 함께하는 방식을 취하는 전주들이 여럿 있었다.

'하지만 이건… 암전하고는 다르지.'

그들 암전은 일정 공간을 아예 그들의 영역으로 삼고, 그 안을 암전의 사람들로 채워 넣은 채, 최대한 내실을 다졌다.

그러나 루딘은 전혀 달랐다.

'이건… 굳이 표현하자면, 일상에 묻어가는 느낌인가.'

어느 모로 봐도 일반인들이 가득한 공간에 루딘의 단원들이 살짝살짝 섞여있는 수준이었다.

촘촘히 펼쳐진 경계망과 은밀한 시선들이 아니었더라면, 그도 이곳이 루딘의 터전이라는 걸 몰랐을 정도였다.

'이런 식이니 찾을 수가 없지.'

루딘의 은밀함에 숨겨진 비밀을 일부 엿본 느낌이었다.

'그나저나… 지금부터가 중요한데.'

어찌되었건 루딘의 공간 속으로 들어왔다. 그렇다면

이제는 만남의 순간이 남아있었다.

하지만 과연, 그 시간이 순조롭게 찾아올까?

'간을 보려나?'

리베이트가 준 단장의 메달이 있다지만, 오히려 그 때문에 마지막 경계선을 넘기가 어려울지도 모른다는 생각이 들었다.

'골치 아픈 건 딱 질색인데.'

뒷머리를 벅벅 긁던 그의 표정이 문득 굳어졌다.

똑똑…

그와 동시에 방문을 두드리는 소리가 들렸다.

'…올 것이 왔나!'

기척을 통해 방문객의 정체를 짐작할 수 있었다.

[프레이트!]

입안이 바싹 말랐다.

꿀꺽…

어째서인지 갈증이 일었다.

❖ ✣ ❖

루딘 용병단의 영역에 들어섰다.

당연하게도 긴장되는 마음이 없다고 하면 거짓일 것이다. 하지만 그보다 더욱 신경 쓰이는 부분이 있던 까닭인지, 주눅이 든다거나 하지는 않았다.

오히려 '그'에게로 향하는 이 뜨거운 열기, 분노 혹은 짜증이라는 감정이 연신 신경을 자극하는 까닭일까? 루딘의 공간 속에서도 크게 압박을 느끼지는 못했다.

물론, 루딘에 대해 알기에 자그마한 긴장감까지지는 어쩔 수 없었지만, 어쨌든 지금 중요한 건 오로지 하나였다.

'에던 파인드!'

그동안은 어째서인지 그가 홀로 행동하려 하지 않는 까닭에, 따로 그와의 시간을 가질 수가 없었다.

하지만 이젠 달랐다.

루딘에서 마련한 거처에 들어서고, 각자의 개인실을 얻었다.

중요한 건 바로 이 부분이었다.

[개인실!]

바로 그가 홀로 있다는 의미였다. 즉각 그의 거처로 향했다.

그리고 두드렸다.

똑똑…

문이 열리고, 왠지 모르게 긴장한 표정의 그가 보였다.

❖ ✣ ❖

오랜만에 단 둘이 자리를 하는 까닭일까?

기묘한 어색함이 방 안을 맴돌았다.

'꿀꺽….'

그리고 이 오묘한 거리감은 에던을 더욱 압박하며 어깨를 짓누르는 느낌을 줬다. 때문인지 자꾸만 위축되는 모습을 보여주고 있었는데, 이런 그의 모습이 프레이트를 자극한 모양이었다.

"뭘 그렇게 눈치를 보는 겁니까?"

가슴 속 열기가 그간 쌓였던 어색한 거리감을 깨트리며 불쑥 튀어나왔다.

"도대체 왜? 어째서? 그렇게 피하는 거죠?"

이리저리 이야기를 돌릴 생각이 없었던지, 즉각 본론을 내던지며 에던을 향해 시선을 쏘아 보냈다.

"피… 피하다니요. 오해이십니다."

에던이 바삐 반박을 해 보지만, 씨알도 안 먹힐 이야기였다.

"으득! 매번 내 시선을 피하고, 조금만 가까이 가도 다른 사람들에게 도망치듯이 달려갔던데. 그게 오해라고요? 착각이라고요?"

"으음…."

할 말이 없었다.

뒤따라오는 레일라의 기척을 의식한 행동이었지만, 그 이전에 셰릴의 기척이 함께하던 무렵부터 시작된 변화였기에, 어지간히 눈치가 없는 사람이 아니고서는 모를 수가 없었을 터였다.

하필이면 그녀와의 거리감을 극도로 좁히고 얼마 지나지 않아 그 같은 사태가 발생했으니, 자칫 이상한 오해를 할 수도 있는 상황이었다.

때문에 에던은 더욱 위축될 수밖에 없었고, 그녀의 저 같은 분노가 당연스럽게 여겨지는 것이기도 했다.

나름 반성의 의미로써 고개를 숙이고 시선을 깔고 있지만, 이런 에던의 태도는 더더욱 프레이트의 머리를 끓게 만들뿐이었다.

"왜 아무 말도 안 하는 거죠? 정말로 내 말이 맞는 겁니까? 그런 건가요? 나를 피한 겁니까?"

정말로 피곤한 순간이었다.

'끄응… 대체, 어쩌라고!'

울고 싶은 마음에 에던의 어깨가 더욱 처졌다. 변명을 하려해도 말도 안 된다며 쏘아붙이고, 그렇다고 쥐죽은 듯 있으려니 변명을 해보라는 식으로 몰아친다.

그야말로 유도 마법에라도 걸린 듯, 어느 방향으로 가건 그녀의 매질이 기다리는 기분이었다.

때문에 열심히 변명과 침묵을 거듭하며, 열심히 그녀의 매타작에 동원돼야만 했다.

이리저리 쏘아붙이길 한 시간여, 에던이 대영주들의 전쟁수준 이상으로 힘겨운 전장이 있음을 깨달을 무렵, 드디어 그녀에게서 변화의 조짐이 보였다.

"후우우우…."

전에 없이 길게 이어지는 그녀의 한숨 속에서 들끓던 열기가 미지근한 수준으로 낮아졌음을 느꼈다.

"그래서 피한 이유가 뭔데요?"

던져지는 그 질문에 변화는 없었다. 하지만 그 표정이 살짝 식어있는 게 보였다.

'끝날 때까지는 끝난 게 아니다!'

그러니 당장 안심할 수는 없었다. 하지만 일단 제대로 된 말문을 열 기회가 왔다는 건 알았다. 그렇다고 해서 지금까지 입을 닫고만 있던 건 아니었다.

단지, 이전에는 대화가 통할 상황이 아니었기에, 말을 한다고 하기 보다는 그저 숨소리가 좀 독특하게 나온다는 느낌이 강했다. 그냥 숨만 쉰 것이나 다를 게 없는 것이다.

'드디어!'

기회가 온 왔음에, 조심스레 대화의 장을 열었다.

"그러니까…."

하지만 단어가 제대로 이어지기도 전에 닫혔다.

'…뭐라고 해야 되지?'

이 순간 떠오르는 진실들이 머릿속을 맴돌았다.

[애인들이 보고 있어서요.]

칼 맞기 딱 좋았다.

[아무래도 제가 분신을 잘못 놀렸나 봅니다.]

다시금 사망토론이 시작될 터였다.

'…꿀꺽!'

그저 마른침만 삼키는 건, 당장의 그가 할 수 있는 전부였다.

"왜 말을 못 하는 거죠?"

당연하게도 식어가던 열기는 재차 온도를 상승시켰고, 드디어 종전인가 싶던 전쟁은 휴전에도 못 이른 채, 다시금 전장의 나팔을 불기 시작했다.

하루가 이렇게도 길었던가?

'신이시여….'

에던은 전쟁터에서도 찾지 않던 신을 부르며 마음속 깊이 절규했다.

'내가 왜 그랬을까?'

자학의 시간도 가졌다.

'내가 죄인입니다!'

고해도 해 봤다.

'울까?'

고민도 해 봤다.

결론적으로 이야기 하자면, 어느 하나 입 밖으로 내뱉지 못하고 실천하지 못한, 그저 소리 없는 아우성일 뿐이었다.

그리고 이런 외로운 자기반성과 자학 그리고 고찰의 시간 끝에, 드디어 한 줄기 서광이 내리듯 들끓던 화산의 불길이 잠잠해지기 시작했다.

"후우우우…."

또 한 번 길게 이어지는 한숨과 함께, 그녀의 표정이 상당부분 풀린 것이 보였다.

그리고 이어지는 기나긴 침묵!

입 안이 바싹바싹 마르는 시간이었다. 목이 타고 가슴이 벌렁거리는 그 시간 속에서, 에던은 조용히 그녀의 눈치만 살필 뿐이었는데, 의외라고 해야 할까?

돌연, 그녀의 입가에 옅은 미소가 머무는 것이 아닌가.

'정말… 누가 이런 사람을 초인이라고 하겠어.'

상당부분 화가 풀렸던 것인지, 프레이트는 눈치를 보는 에던의 모습이 새삼스레 눈에 들어왔고, 그 모습이 이상하게 귀엽다는 생각에 그만 실소를 해 버렸다.

쉴 새 없이 쏘아붙이는 와중에 가슴 속 열기들이 날아갔고, 지금 이 순간 그 잔재마저 털어냈다.

그리고는 대뜸 침묵을 깨며 생각지도 못한 이야기를 꺼내들었다.

"앞으로는 말 편하게 해요. 나도 그럴 테니까."

마치 비극을 연기하던 배우가 마지막에 박장대소하며 희극으로 돌변하는 느낌이랄까?

괜히 더 무서워졌다.

"갑자기… 그게 무슨 말씀이신지?"

에던이 조심스레 그리 묻는데, 프레이트의 이야기가 또 의외였다.

"루딘에는 저와 당신이 '연인' 으로 알려져 있으니까.

그렇게 행동하자는 겁니다."

"연인…이라고요?"

뜬금없는 수준이 너무 격했다.

"그러니 앞으로는 방도 함께 쓰도록 해요."

"…쿨럭!"

격해도 너무 격했다.

"설마, 또 피하는 건 아니겠죠?"

그 순간 비친 서늘한 기세에 뭐라 말을 할 수가 없었다. 겨우겨우 끝난 폭풍우가 다시금 몰아칠까 두려워 마른침만 꼴깍 삼킬 뿐이었다.

'아니. 그래도 이건 아니지!'

당연하게도 입 안에만 맴도는 외침이었다.

"재차 말하지만, 이제부터는 말 놓는 겁니다."

드디어 끝났다고 생각했건만,

'…이제 시작이었을 줄이야.'

아직 갈 길은 한참이었다.

❖ ✣ ❖

아헬트는 오랜 세월 루딘의 부단장으로써, 리베이트의 빈자리를 채우며, 용병단을 훌륭히 이끌어왔다.

그의 청춘시절부터 지금까지, 생의 절반 이상을 거기에 쏟아 부었다고 해도 과언이 아니었다.

남다른 애착이 있을 수밖에 없었다.

그럼에도 불구하고 부단장의 자리를 지키며 리베이트를 기다려왔다.

때문에 단장의 자리는 그에게 특별했다.

'주군….'

리베이트를 떠올리는 아헬트의 눈가에 아련함이 흘러넘쳤다.

그런 그의 태양, 리베이트가 보낸 편지가 손 안에 있었다.

[네 뜻대로 해라!]

어떠한 의미인지 모르는 게 아니다.

'에던 파인드….'

단장의 메달을 지니고 있는 사내가 떠올랐다.

'프레이트 공주님.'

또한 그의 곁에 함께하고 있는 그의 핏줄도 떠올렸다.

그 둘과 직접적으로 만난 건 아니다. 경계망에 끼어, 그저 먼발치서 지켜본 게 전부였다. 이 편지 역시도 칼릭을 통해서 전해 받은 것뿐이었다.

에던과 프레이트!

리베이트의 핏줄은 아니지만, 그가 허락한 후계자였다. 또한 그 곁에는 그가 가장 사랑한 여인과의 사이에서 태어난 핏줄이 함께하고 있었다.

'후계자.'

그 둘의 관계가 심상치가 않다는 칼릭의 보고가 생각났다.

[연인이라고 하더군요.]

칼릭이 이 편지를 프레이트에게 받을 때 이런저런 이야기를 나눴었는데, 그 와중에 나온 에던과의 관계에 대한 그녀의 대답이 묘한 여운을 남겼다.

'단장이라….'

이제와 그 자리에 대한 미련은 없었다.

물론, 굳이 오를 생각이 없기도 했다. 루딘에 대한 애착과 단장자리에 대한 욕심은 달랐다.

어느새 청춘의 열기는 식어버렸고, 육신은 점차 세월의 흐름을 몸 안 구석구석 새기고 있었다.

새 시대가 밀려오고 있음을 알았다.

머릿속으로 루딘의 젊은 신예들이 떠올랐다. 앞서 생각했던 것처럼 루딘 내부에도 새로운 바람이 일고 있는 것이다.

'사신, 운트!'

부족하지 않았다. 오히려 과할 정도였다.

편지에는 그와 관련된 간략한 내용도 담겨있었다. 에던이 스스로를 밝히지 않았더라도, 결국 그에 대한 부분이 드러났을 거란 의미였다.

그 정도는 되어야 그나마 아헬트를 비롯한 루딘의 간부들이 인정을 할 거라 생각한 리베이트의 판단이었다. 불필요한 마찰을 피하기 위한 이유이기도 했다.

'초월자란 말이지.'

그 실력은 이미 망자와의 전투를 통해 증명되었다. 헌데, 편지에는 더욱 놀라운 내용도 적혀있었다.

"망자들의 천적일지도 모른다니…으음!"

그저 추측성의 내용이었지만, 별의 영역에 오른 리베이트의 발언이었다. 결코 가볍게 여길 수 없는 부분인 것이다.

"그래서였나…."

최근 들어 암전의 움직임이 과거의 초기 대립시절처럼 매서워지며, 그 압박감이 상당히 거세진 걸 느끼고 있었다.

특히, 칼릭을 비롯하여 그들 3조를 추격하는 암전의 그림자들의 수가 상당하다는 걸 전해 받았다.

그간 눈치싸움만 하던 상황에서 갑작스레 보여주는 저들의 반전과 반격의 흐름으로 인해, 조금은 당황하고 있기도 했건만, 거기에 에던이 끼어있을 줄이야.

암전의 이 갑작스런 움직임과 연관을 지어보니, 더더욱 리베이트의 짐작이 맞을 거란 생각이 들었다.

"천적이라…."

그들의 주요 대적이라 할 수 있는 이들에게 치명적이라는 건, 루딘에게 있어서는 상당히 중요한 부분이었다.

편지에 적힌 내용들과 이 같은 사실들을 토대로 해 본다면, 루딘의 신예들도 결국에는 인정할 수밖에 없을 거란 생각이 들었다.

'공주님과 미래를 약속한 사이이기도 하니….'

사실, 이 부분이 그에게는 결정적이었다.

"…아무래도 직접 봐야겠군."

외출복을 챙겨들었다.

❖ ✣ ❖

편안한 쉼터가 되어야 할 거처가 불안한 전장이 되어버렸다면, 아무래도 바깥 활동이 더 편해질 수밖에 없었다.

그런 이유로 에던은 거처를 나와 밖을 맴돌았다. 별달리 특별한 목적 같은 건 없었다. 짐을 옮긴다며 프레이트가 자리를 비운 사이, 도망치듯 밖으로 나온 것으로써, 일종의 시간 때우기이며 심신 안정을 위한 도피였다.

그렇게 혼자서 외부로 나왔지만, 따로 루딘의 단원이 따라붙지는 않았다.

영지 곳곳을 채우고 있는 경계망으로도 충분히 그들의 감시자의 역할을 해결할 수 있는 까닭이었다.

그들의 시선이 중간중간 에던을 스쳐가는 게 느껴졌다.

'이건, 확실히…그냥 그런 거점은 아닌 것 같은데.'

버밀라닌 자작령은 루딘의 중심지와 가까워 보였다.

'설마…버밀라닌 자작이 부단장이거나 한 건 아니겠지.'

농담처럼 그 같은 생각을 하고는 저도 모르게 웃어버렸다. 그가 생각해도 말이 안 된다고 여긴 까닭이었다.

하지만,

'설마가 사람 잡는다고 하더니….'

어딘가의 격언을 떠올리며, 에던은 조용히 앞전의 자신을 타박했다.

"처음 뵙겠습니다. 루딘의 부단장인 아헬트 발파른이라고 합니다."

거리를 떠도는 그의 곁으로 대뜸 접근한 이가 건넨 인사말에 당황하고 있을 때, 그가 더욱 충격적인 이야기를 내던졌다.

"이곳, 버밀라닌의 주인이기도 하지요."

설마에게 덜미를 잡힌 순간이었다.

5. 동맹.

5. 동맹.

만남을 결정하고 즉각 움직였다.

영지 곳곳에 깔려있는 감시망을 통해, 그의 동선 정도는 파악하고 있어서 찾아내는 건 어렵지가 않았다.

"아헬트 발파른이라고 합니다."

짧은 인사와 함께 그의 정체를 밝혔다. 또 다른 신분 역시도 숨김없이 전하니, 과연 의외였던지 눈을 동그랗게 뜨며 당황하는 모습을 보였다.

'사신, 운트!'

어수룩한 모습에 속아서는 안 된다. 속으로 그의 정체를 되새기며 풀어지려는 긴장감을 다잡았다.

"에던 파인드라고 합니다."

감정을 수습한 듯, 상대 역시도 인사말을 건네 왔다. 이를 받으며 짧게 물었다.

"같이 좀 걸어도 되겠습니까?"

서로가 만나야 할 사람들이었다. 에던이 고개를 끄덕이며 동의하면서, 그들은 자연스레 합류하여 거리를 걸었다.

'버밀라닌 자작이라.'

에던은 곁을 따르는 아헬트의 다른 신분을 상기하며, 어쩌면 이곳이 루딘의 심장부가 아닐까. 하는 추측을 해 봤다.

"너무 중요한 사실을 알려주신 건 아닙니까?"

그래서인지 이처럼 물을 수밖에 없었다. 질문의 의도를 짐작한 아헬트가 가벼운 미소와 함께 답했다.

"괜찮습니다. 어차피 이곳도 저희 루딘의 거점 중 하나일 뿐이고, 버밀라닌 자작이라는 자리도 마찬가지라고 생각하시면 됩니다."

많은 생각을 하게 만드는 내용이었다.

"아마도 단장님께 많은 이야기를 들으셨을 것으로 압니다."

대략적인 이야기는 편지에 적혀 있었으나, 확인을 위해 의도적으로 운을 띄운 것이다.

"암전과의 다툼도 잘 알고 계실 겁니다."

눈빛으로 맞느냐고 물어오자 에던은 짧게 고개를 끄덕이면서 이를 수긍했다. 한 차례 더 미소를 지어보인 아헬트가 재차 이야기를 이어나갔다.

"암전은 거대한 세력입니다. 별도로 그들의 전력만 놓고 봐도, 최소한 소규모의 왕국 규모는 될 수준이지요. 저희는 그런 이들과 오랜 세월 전쟁을 이어왔습니다. 저들의 눈과 귀를 속이고 현혹시키려면, 고정된 거점이나 신분 같은 건, 루딘과 어울리지 않습니다."

그 순간 에던은 이해했다. 오랜 세월 하급용병으로 생활하며 생존하기 위해 도주라는 방식으로 경지에 이른 까닭에, 아헬트가 말하는 바를 단번에 알아들은 것이다.

결국, 아헬트의 다른 신분이나 이곳 버밀라닌 영지는 루딘에게는 언제든 버릴 수 있는 패나 다를 게 없다는 의미였다.

하급용병으로써 살아남기 위해 에던이 그러했기에, 모를 수가 없는 방식이었다.

루딘과 도주라는 상관관계가 어색하긴 했지만, 상대가 암전이라면 충분히 납득하고 넘어갈 수 있는 부분이었다.

물론, 그렇다고 해서 루딘이 이곳을 가볍게 여긴다는 의미는 아니었다. 한 개 영지와 그 주인의 자리였다. 그 자리와 지위를 얻기 위해 어떠한 노력과 희생이 이뤄졌을지는 모를 일이었다.

그럼에도 불구하고 에던에게 이 같은 사실을 전한 이유는 간단했다.

리베이트의 메달을 가지고 온 에던에게 그만큼의 예의를 갖추는 것이었다. 그와 동시에 전해지는 것이 있었다.

'단장 자리를 인정하려는 건가?'

상당히 긍정적인 의미로써 그를 찾아왔다는 게 느껴졌다.

'흠….'

짧은 고민과 함께 에던이 품 안에서 메달을 꺼냈다. 이를 본 아헬트의 눈에 불이 들어왔다.

오랜만에 보는 단장의 증표로 인해, 젊은 청춘 무렵의 리베이트가 새삼 떠오른 까닭이었다.

헌데, 갑자기 저걸 꺼내든 이유가 무엇일까?

의문을 느끼고 있는 찰나, 에던이 그걸 아헬트에게 건네는 것이 아닌가.

"혹시나 해서 말씀드리는데, 저는 루딘 용병단의 단장자리를 물려받을 생각이 없습니다."

그 직접적인 이야기에 아헬트의 눈이 부릅떠졌다.

루딘 용병단!

그들이 누구이던가. 바로 살아있는 전설이라고 불리는 용병계의 신화적 존재들이었다.

이런 루딘의 수장자리가 코앞에 있었다. 그들을 아는 이들이라면 누구나 침을 흘리며 눈을 번뜩일 수밖에 없는 자리였다.

헌데, 이를 밀어내고 돌아선다?

'여기까지 와서?'

그렇다면 왜 루딘을 찾은 거란 말인가.

"…아실지 모르겠지만, 전 평생을 혼자 맨땅에 대가리 박아가며 살아온 놈이라, 단체를 이끄는 건 아무래도 체질에 안 맞아서요."

물론, 집단생활도 해 봤고 나름대로 무리의 수장 역할도 몇 차례 정도는 겪은 적이 있었다.

그 경력 때문인지, 전쟁터에서 십인장의 자리를 맡은 적이 적잖게 있던 것이다.

이런 경험 때문에 잘 알았다.

집단의 우두머리?

그로써는 몸에 맞지 않은 예복을 입은 기분이랄까?

게다가 상대는 무려 루딘이었다. 첫 시작부터 눈높이가 너무 위에 있었다.

안 맞는 예복 수준이 아니라, 아예 체형이 다른 갑옷을 입은 것과 다를 게 없었다.

자칫, 그 뿐만 아니라 입고 있는 갑옷도 함께 고물이 되어, 갑옷이 아닌 족쇄가 되어버릴 수 있는 상황인 것이다.

하지만 그럼에도 불구하고 루딘을 찾았다.

이유?

준비했던 제안을 꺼냈다.

"루딘과 동맹을 맺고 싶습니다."

빙빙 이야기를 돌릴 생각 같은 건 없었다. 과감히 던져지는 에던의 본론에 아헬트는 일순 말문이 막혀버렸다.

'…동맹이라고?'

갑작스럽고 또 뜬금없었다. 혹시나 해서 물었다.

"따로, 세력이 있으십니까?"

"이야기 드렸듯이 혼자 살아온 놈입니다."

말인 즉, 개인과 단체가 동맹을 맺자는 뜻이었다. 아헬트의 표정이 굳어졌다.

분명, 상대가 특별한 존재라는 건 인정했다.

[초월자!]

일인군단으로 불리는 만큼, 충분히 어마어마한 전력을 지니고 있다는 것 역시 사실이었다. 하지만 개인은 결국 단체가 될 수 없었다.

정보를 비롯하여 터전 그리고 각종 공작까지, 개인이 할 수 있는 일과 단체가 할 수 있는 일에는 분명한 차이가 있었다.

게다가 그들이 누구인가.

루딘!

세상에는 소규모 기사단 수준으로 알려져 있지만, 그들은 충분히 대규모 용병단 급의 전력을 보유하고 있고, 뿐만 아니라 별도의 정보원과 더불어 여기저기 손잡고 있는 집단들을 생각해 본다면, 이미 그들은 하나의 거대 세력이나 다를 게 없었다.

이 거대세력을 실질적으로 이끌어온 만큼, 루딘에 남다른 애착을 지니고 있는 아헬트가 아니던가. 그에게는 에던의 이 갑작스런 제안이 다소 무례하게 비쳐질 수도 있었다.

단장이라는 자리는 루딘을 전부 가져다 바치는 거니, 더 위험하지 않겠냐고 여길 수도 있다.

물론, 그럴 수도 있는 건 사실이었다.

하지만 아헬트는 곁에서 젊은 단장을 지켜보며 그 혈기를 옳은 길로 이끌 자신이 있었다.

상대가 초월자라고는 하나, 루딘 용병단이 그보다 못하다고는 여기지 않았다. 이 같은 세력을 오랜 세월 이끌고 키워온 만큼, 새로운 단장 역시도 충분히 이끌 수 있을 거라 여겼다.

게다가 단장과 동맹의 차이점이 주는 거리감도 문제였다. 단장의 자리에 오른다는 건, 그들 루딘의 일원이 된다는 의미였다. 나름 공동체 의식이 생기는 것이다.

그에 비한다면, 동맹이란 위치는 그들과 벽을 세운다는 것과 같았다.

특히, 리베이트의 증표를 가지고 온 에던이 그 같은 이야기를 한다는 부분이, 더더욱 그의 마음에 들지 않았다.

하지만 이어지는 내용은 한층 더 충격적이었다.

"게다가 잠시라고는 해도, 암전에 몸담고 있던 놈이 루딘의 단장이라니. 말도 안 되는 소리지요."

"암전…이라구요?"

아헬트의 눈가에 슬며시 주름이 잡히는 게 보였다. 몸을 담았다는 것까지는 문제가 없다. 중요한 건 어느 깊이까지 들어갔느냐는 점이었다.

"몰이꾼으로 생활한 적이 있습니다."

굳이 드러낼 이유는 없었으나, 에던은 과감히 전부를 털어놓았다.

희미하게 비치던 미간 주름이 선명해졌다.

'몰이꾼이라고?'

비록, 사냥개의 뒤를 닦아주는 역할이라지만, 분명한 건 그들은 암전의 가장 깊숙한 곳에 한 발 걸치고 있다는 점이었다.

루딘과 가장 많은 전투를 치른 게 바로 암전의 사냥개이기도 했다. 당연히 그들과 함께하는 몰이꾼 역시 좋은 시선으로 보긴 어려웠다.

그 때문일까?

아헬트의 얼굴에서 최초의 호감어린 눈빛과 미소는 사라지고, 이제는 경계심 짙은 표정만이 남아있었다.

자칫, 암전의 그림자로 오인 받을 수 있는 상황이었다. 리베이트의 인정을 받았다고는 하나, 그래도 몰이꾼이라는 건 모든 상황을 뒤집기에 충분한 의미가 있었다.

사냥개의 뒤처리나 하는 역할이라지만, 인정받은 몰이꾼은 사냥개가 되거나 때론 다른 조직의 간자로써 활동하기도 하는 까닭이었다.

알게 모르게 그들로 인해 피해를 입은 왕국과 세력들이 적지 않았다.

아헬트의 태도변환에 고개를 끄덕인 에던이 재차 입을

열었다.

"결국 암전과 대립하는 상황이 발생할 텐데, 그러다보면 저를 알아보는 이들도 생길 수 있으니까요."

여러모로 신분을 바꿔왔다지만, 그의 얼굴이 변하는 건 아니었다. 나름 시간이 흐르고 성장이라는 과정을 겪으며 작은 변화 정도는 있었지만, 본판은 불변이었다.

분명, 그를 알아보는 이들이 있을 수도 있었다.

사냥개가 되었건 몰이꾼이 되었건, 혹은 그도 아니면 원로회에서건, 그를 알아보는 이가 생길 가능성을 외면해서는 안됐다.

"그러니 저는 루딘에 들어갈 수 없습니다."

거기에서 에던은 이야기를 마무리했고, 잠시간 침묵이 이어졌다. 주변 거리의 소란만이 그들의 귀를 어지럽힐 뿐이었다.

대화주제로 인해, 최대한 목소리를 낮추고 사람이 없는 방향으로 걷고 있었지만, 그래도 거리를 지나는 만큼 주변의 잡음은 어쩔 수 없는 일이었다.

그 침묵과 소음의 절묘한 대치 속에서, 지그시 에던을 응시하던 아헬트의 표정에 변화가 찾아왔다.

어찌된 일인지 점차적으로 그 얼굴이 풀리는 것이 아닌가.

'원로회와는 관계가 없다!'

암전들의 움직임 그리고 망자에 대한 이야기와 리베이트의 편지 등등, 다양한 생각들이 머릿속을 맴돌며 에던을 냉정하게 평가하고 결론을 내린 까닭이었다.

이를 확실히 하기 위해, 에던을 향해 물었다.

"동맹을 제안하는 이유를 알 수 있겠습니까?"

그에 대한 답변은 간단했다.

"위협적인 암전의 적이기 때문입니다."

한 차례 고개를 끄덕인 아헬트가 재차 물었다.

"그들을 어떻게 생각하십니까?"

이번 대답도 짧고 간결했다.

"용병의 적!"

생각지도 못한 대답이었다고 해야 할까?

"이래 봬도, 제가 직업의식이 제법 투철합니다."

우스갯소리처럼 하는 이야기였지만, 아헬트는 에던의 표정에서 그가 루딘을 생각할 때 느끼는 자부심과 비슷한 감정의 흔적을 엿볼 수 있었다.

이로써 암전과의 관계에 대해서는 더 이상 의심할 필요가 없다는 결론을 내릴 수 있었다.

하지만 아직 이야기가 끝난 건 아니었다. 이제부터가 본론이었다.

"저희와의 동맹을 원하신다고 하셨는데, 제 입으로 이런 소리를 하기는 민망하지만, 살아있는 전설로 불리는 게 바로 저희 루딘입니다. 당신께서는 저희와 동맹을 할 만한 자격이 되신다고 생각하십니까?"

에던의 대답은 이번에도 짧았다.

"사신, 운트!"

그 한마디면 충분하다 여긴 것이다. 하지만 아헬트에게는 부족했다.

"확실히… 당신께서 특별한 위치에 있다는 것도 잘 알고 있습니다. 하지만 그것만으로는 저희들과 함께하기에는 부족합니다."

초월적인 자리로도 부족하다는 아헬트의 대답은 분명 의외였을 것이건만, 에던의 표정은 크게 변화가 없었다. 별다른 당혹감도 느껴지지 않는 그 태연한 모습이, 어째서인지 아헬트를 기대하게 만들었다.

그리고 이어진 대답이 뜻밖이었다.

"저는 용병입니다."

기대감에 비해 실망스러운 답변이었다. 별다른 특별함이 없는 답변이지 않던가. 의미마저 모호했다.

하지만 여전한 태도의 에던으로 인해, 아헬트는 그 안에 담긴 뜻을 파악하고자 바쁘게 머리를 굴려야만 했다.

'…아!'

그리고 깨달았다.

초월자와 용병!

그 둘의 조합이 가져다주는 의미가 떠올랐다.

'용병…왕!

흔들리는 동공이 그의 감정을 표현해주고 있었다.

이런 그를 향해 에던이 웃으며 물었다.

"지금도 부족합니까?"

그 순간, 아헬트는 입 안이 마르며 왠지 모를 갈증이 이는 걸 느껴야만했다.

◈ ✣ ◈

뜻밖의 소식을 전해 받았다.

[나를 알릴 생각이야.]

에던에게서 날아든 이야기였다.

셰릴은 그에 대해서 잘 알기 때문에, 이 같은 내용이 의외일 수밖에 없었다.

'그 소심한 성격하고는 안 어울리는데.'

누군가 다른 사람이, 그에게만 알려준 그녀와의 직통 암어를 훔쳐서 사용한 건 아닐까?

그런 의심마저 들 정도였다.

하지만 이내 고개를 저으며 이 같은 생각을 내버렸다. 안에 담긴 내용들이 그가 보낸 것이라는 확신을 준 까닭이었다.

'초인이라는 걸 알리란 말이지.'

에던이 별을 품었다는 사실을 아는 건, 그가 아니고서야 모를 일이었다.

뒤의 내용들도 놀라웠다.

"증명은 루던이 한다라…."

레드문의 정보망을 통해 소문을 흘릴 수는 있었다.

하지만 그저 소문만으로는 사신이 별의 영역에 도달했다는 걸 확인하기가 어려웠다. 오히려 의심만 살 뿐이었다.

하지만 루딘이 앞장서서 이를 인정해 준다면, 신뢰도가 높아질 수밖에 없었다.

뿐만 아니라, 대륙 곳곳에서 떠들어대는 거짓 사신들도 스스로 숨을 죽일 것이다.

[초월자!]

감히, 가짜들이 입에 담기에는 그 무게감이 너무 큰 것이다.

당연하게도 대륙 모든 이들이 그를 집중하게 될 터였다.

'갑자기 무슨 생각이지?'

스스로를 내보이기보다는 감추는 걸 우선시하는 그의 성격과는 너무도 맞지 않은 움직임이었다.

하지만 일단 고개를 끄덕이며 그의 뜻을 받아들이기로 했다.

'분명… 이유가 있겠지.'

평소와 다른 행동을 하는 건, 다 그만한 까닭이 있음이라 여기며, 레드문을 움직이기로 결정한 것이다.

당연히 공짜는 아니었다.

'흐흥….'

셰릴의 두 눈가에 야릇한 빛 무리가 어렸다.

❖ ✣ ❖

용병왕!

오랜 그들의 역사 속에서도 단 세 명밖에 출현하지 않아, 이제는 일종의 전설이자 환상처럼 여겨지는 단어며 위치였다.

그 이유를 들자면 다양하겠지만, 가장 최우선적으로 뽑자면, 우선 용병이라는 그들의 태생적 삶과 여정에 있었다.

용병은 힘들다!

대륙 이곳저곳을 떠돌아다니는 그들의 생활은 여러모로 정신과 육체적 피로를 쌓아올리고는 했다.

또한, 기사들과 비슷한 역할을 도맡는 것 같건만, 그들의 지위는 낮고 또 낮았다.

급수가 올라가면 대우가 달라지겠지만, 기본적으로 낮춰 보는 시선이 사라지는 건 아니었다.

그런 이유로 대개 특급 용병으로 올라서고, 귀족가에서 손을 내민다면, 누구나 주저하지 않고 그 손을 잡고는 했다.

물론, 체질적으로 맞지 않아서 귀족가를 박차고 나오는 경우도 허다하긴 했지만, 기본적으로 용병이라는 직업을 보는 시선이 곱지 않다는 건 분명했고, 이 같은 부분이 그들을 업계에서 떠나게 만드는 것 역시 사실이었다.

이 같은 이유로, 이름깨나 날리는 진짜 실력자들은 언제나 귀족들의 주요 영입 대상이 되어, 떠나가는 경우는 특히 무시할 수 없었다.

이들의 경우에는 일반적인 용병들과 달리, 기사들보다 더욱 대우를 해주는 까닭에, 다시금 업계로 돌아오는 경우가 드물었다.

차세대의 초월자!

이 같은 칭호가 붙는 이들의 경우에는 더더욱 귀족들의 관심을 받기 마련이었다.

오래전, 루딘의 단장이 아직 함께하던 무렵에도 마찬가지였다.

'주군을… 단장님을 영입하려는 움직임이 상당했지.'

아헬트는 지금도 간혹 들어오는 귀족들의 제안을 생각하며, 새삼스레 에던의 얼굴을 떠올렸다.

'그도 귀족들의 영입대상 이겠지.'

이 같은 부분들이 용병왕이 탄생하지 못하는 결정적인 이유였다.

용병들 스스로 떠나는 것도 있지만, 저들 귀족 측에서 전력으로 진짜배기 실력자들을 끌어들이는 이유 역시도 컸다.

그 대우도 최상이며, 귀족의 작위 역시도 보장하는 이들도 많았고, 거기에 더해 몇몇은 영지까지 약속할 정도로 과감한 수를 쓰기까지 했다.

상황이 이러한데 어찌 버티겠는가.

굳이, 그렇게까지 하는 이유?

간단했다.

'용병왕!'

그 단어 안에 모든 의미가 담겨있었다.

'왕의 탄생을 막아야 하니까.'

용병계는 생각보다 그 규모가 크다. 그 병력규모로만 본다면 충분히 왕국 수준의 전력과도 비교하기에 부족함이 없었다. 오히려 그 이상일지도 몰랐다.

물론, 대다수가 하급용병이라고는 하나, 분명한 건 그 숫자가 만만치가 않다는 점이었다.

상당수의 전쟁에서 용병들을 끌어들이려 노력하는 이유도 거기에 있었다.

왕국 전력을 보존하고, 그러면서도 전쟁의 승기를 잡기 위함이다. 그렇게 여러 전쟁에 투입되면서도 용병들의 수는 여전히 넘쳤다.

과거의 역사 속에서, 그들에게 구심점이 생기면 상황이 어찌 변하는지, 그들 귀족들은 잘 알고 있었다.

겨우 세 번의 왕이 나왔을 뿐이건만, 용병들은 체계를 갖췄고, 길드라는 단체를 만들었으며, 그들만의 영역을 확고히 다졌다.

그들과 '계약' 이라는 걸 하게 되었고, 이를 지켜야만 하는 상황이 온 것이다.

뿐만 아니라 왕이 머물던 시절에는 상위 용병들의 지위가 무려 기사들과도 대등할 만큼 높아지고는 했었다.

몇몇은 귀족들도 함부로 대할 수 없었으며, 각국의 왕들도 감히 그들의 왕을 섣불리 입에 담기가 어려운 시절이 있었다.

때문에 오랜 세월, 그들은 왕의 탄생을 막아왔다.

각종 회유와 압박 혹은 협박까지 동원하고, 때로는 실력행사까지 해 가면서, 왕의 탄생을 저지해온 것이다.

오랜 역사 속에서도 단 세 명만이 탄생한 이유가 바로 거기에 있었다.

'사신, 운트….'

그 존재 역시도 현 귀족들의 주요 영입 대상으로 분류되어 있었다.

차세대의 초월자라는 단어가 주는 압박감이, 그들로 하여금 움직이게 만든 것이다. 하지만 사방에서 들썩이는 거짓 사신들로 인하여 회유는커녕 말 한마디를 건네는 것도 어려운 상황이었다.

그렇게 거짓 사신들로 인해 이리저리 시선이 분산되는 사이, 진짜 사신은 이미 별을 품은 채 루딘의 앞에 모습을 드러냈다.

"용병왕이라…."

아헬트는 그 단어를 연신 입안에 굴리면서, 동맹 제안에 대해 고심에 고심을 거듭해야만 했다.

❖ ✣ ❖

암전에 발을 담그고, 그 깊은 곳까지 몸을 뉘였던 경험으로 인해, 작게나마 그들에 대해 알고 있는 게 있었다.

'그놈들은 용병계의 어둠 같은 게 아니지.'

얼핏, 업계와 연관되어 있는 듯 보였지만, 결코 그렇지 않다는 걸 알았다.

'오히려 용병들을 이용하는 놈들….'

에덴이 보기에 그들의 행동이나 태도는 결코 동업자를 대하는 것이 아니었다.

특히, 그들이 보여주는 행태는 실로 가관이라 할 수 있었다.

몰이꾼만 하더라도 충분히 모든 이야기가 나왔다.

망자!

웃기지도 않는 실험체로 사용되었을 줄은 몰랐다. 그야말로 충격적인 부분이었다.

게다가 이 뿐만이 아니었다.

대륙적으로 노예제도를 폐지하는 분위기라고는 하나, 분명 노예를 부리는 왕국들은 존재했고, 폐지된 곳에서도 비공식적으로 노예를 사들이고 이용하는 자들이 있었다.

암전은 바로 그 모든 노예시장의 중심지에 가장 가까이 있었다.

굳이 그를 분노하게 했던 경험을 들어보라고 한다면, 용병들의 가족을 건드렸던 부분이었다.

하급용병이기에 처할 수밖에 없는 어려움을 이용하여, 그들로 하여금 없는 노예도 만들어내게 하는 그들의 비열하고 잔혹한 술수에, 에던은 암전에게서 동업자로써의 공감대를 잃어버렸다.

그들은 용병계의 어둔 부분이 아니었다.

'오히려 용병들의 적이지!'

어찌하여 길드가 그들을 가만히 두고 보는 것일까?

"죄다 썩은 거지."

한 차례 솎아낼 필요성을 느꼈다.

과거에는 힘이 없기에 그저 외면하고 무시하며 지나쳤다. 하지만 지금은 다르다.

힘이 생겼다.

[초월자!]

물론, 지금 이 순간에도 피하고 싶은 마음이 큰 건 사실이었다.

'애초에 성격이 변하는 건 아니니까.'

워낙 오랜 시간을 밑바닥에서 전전긍긍하며 지내온 까닭인지, 스스로를 내보이기보다 감추는 게 더 익숙했다.

그것이 선천적인지 아니면 후천적인지는 알 수 없으나, 분명한 사실은 몸에 배여 있는 습관이나 다를 게 없다는 점이었다.

하지만 그럼에도 불구하고 에던은 스스로를 드러내고, 암전을 향해 칼을 뽑기로 결정했다.

'놈들은…선을 넘었다!'

암전에게 좋지 않는 감정을 지니고 있던 그에게, 망자들의 존재는 그야말로 등을 떠미는 결정타와 같았다.

만약, 그가 몰이꾼으로 계속 머물고 있었더라면, 그가 저들 망자처럼 꼭두각시와 같은 모습이 되었을지도 모를 일이었다.

뿐만 아니라, 지금도 여전히 많은 하급용병들이 망자 탈혼의 실험체가 되어, 그들에게 농락당하고 있을 것이다.

[이래 봬도, 제가 직업의식이 제법 투철합니다.]

아헬트에게 농담처럼 이 같은 말은 던졌었다. 하지만 거기에는 그의 진심이 담겨있었다.

열셋!

그 어린 나이게 용병계에 발을 담갔다.

그리고 스물여덟!

어느새 살아온 세월의 절반이상을 이 바닥에서 보냈다.

제 아무리 밑바닥을 구르며 하급용병으로써, 최악의 취급을 받아왔다지만, 그 오랜 시간을 살아온 공간이었다.

아헬트가 루딘에 자부심을 느끼듯, 그도 나름대로 용병이라는 직업에 자부심을 가지고 있었다.

비록 애정보다는 애증의 감정이 더 많은지도 모르겠으나, 미운 정도 정이라는 건 분명한 사실이었다.

"뭐… 쫄리는 것도 사실이지만."

주기적으로 입술에 침을 바르는 건, 왠지 건조한 느낌이 들어서이지, 결코 스스로를 속이기 위함은 아니었다.

"…흠흠!"

여하튼 이 같은 이유로 루딘과의 연계는 중요했다.

[암전에는 루딘이지.]

무려, 밤의 여왕이 단언해준 이야기였다.

레드문이 정보력에 관해서는 손에 꼽힌다고는 하나, 그들은 대륙 전체적인 정보를 살피고 관찰한다.

하지만 루딘은 오로지 암전만을 노리며 눈과 귀를 집중시키고 있었다. 레드문에서도 밝혀내지 못한 부분도 루딘이라면 알고 있을 확률이 높았다.

그 역시 비슷한 생각을 하고 있었기에, 이처럼 루딘을 향해 걸음을 한 것이다.

특히, 망자에 대해서는 세릴도 몰랐다는 부분에서, 이미 루딘과 레드문의 차이점이 증명되고 있었다.

문득, 스페렌에서의 경험이 없었다면 어땠을까를 생각해 봤다.

프레이트와 엮이고, 리베이트를 만나고 망자를 겪었으며 루딘에 대해 알게 되었다. 또한 단장의 증표도 받아버렸다.

이 같은 사건이 없었다면, 과연 지금과 같은 행보를 할 수 있었을까?

'그럴 리가 없지.'

에던이 쓰게 웃으며 고개를 저었다.

스스로를 잘 알기에, 지금과 같은 상황에 이를 확률이 낮다는 결론을 내릴 수 있었다. 등을 떠밀어주지 않았더라면 선뜻 이 자리에 서지 않았을 것이다.

'…내친걸음이니.'

기왕이면 제대로 판을 벌여본 생각이었다. 물론, 새롭게 판을 짜기는 어려우니, 이미 구성된 판에 끼어들 생각이었다.

당연하게도 그 판의 박힌 돌은 루딘과 암전이었다.

'굴러온 돌이 무서운 법이지.'

그 파급효과를 확인하기 위한 불씨가 필요했다.

이를 위한 아헬트의 결정이 내려졌다.

"동맹…해 봅시다!"

도화선에 불이 붙었다.

"단, 그 판은 저희가 짜겠습니다."

사신을 온전히 알리기 위한 무대를 마련하겠다는 것이다.

"여기 버밀라닌 자작령에, 망자들을 불러들이겠습니다."

그렇잖아도 이미 그들의 추격대가 끈질기게 따라붙는 중이기도 했다. 저들의 집요함에 버밀라닌이라는 쓸만한 패 하나를 버려야 한다는 위기감이 들고 있을 때였다.

그렇다면 차라리 지금 이 상황을 이용하는 것도 나쁘지 않다는 결론을 내렸다.

"해 보시겠습니까?"

아헬트의 물음에 에던은 흔쾌히 고개를 끄덕였다.

"스스로 일인군단이라는 걸 증명해야 하는 자리입니다. 자신 있으십니까?"

재차 던져오는 아헬트의 질문에 에던이 태연하게 답했다.

"여기까지 와서 빼기에는 너무 늦었잖아요."

맞는 말이었다.

"쫄려도 질러야 할 때가 있는 겁니다."

그 말과 함께 에던은 조용히 칼을 갈았다.

6. 별의 탄생!

6. 별의 탄생!

망자들과 관련된 정보는 암전에서도 극비로 취급되는 부분이었다. 그런 만큼 이들과 연관된 모든 내용들은 항시 암전 제일의 중요사항으로 분류되고는 했다.

때문에 망자들의 천적일지도 모르는 대상을 찾아내는 건, 그들 암전에게는 다른 어떠한 임무보다도 중요한 사항이 될 수밖에 없었다.

그런 이유로 인해 중앙대륙에 퍼져있던 대부분의 암전 요원들이 루딘을 찾아 움직였다.

한 개 왕국의 요원들이 아닌, 말 그대로 중앙대륙 전 지역에서 움직인 것이다.

당연하게도 루딘의 덜미를 잡는 건 어렵지 않았다. 하지만 그렇다고 해서 쉽게 생각하는 것도 아니었다.

과거, 루딘과의 오랜 투쟁 속에서 경험한 게 있는 까닭이었다.

요원들을 집중시켜 저들의 덜미를 잡았다고 여긴 순간, 그들 암전도 역으로 덜미를 잡힐 수 있었다.

이른바 빈집털이라 불리는 작업에 그들도 뒤통수를 맞은 경험이 여럿 있던 것이다.

요원들을 집중시킨 만큼, 그만큼의 공백이 각 지역마다 나올 수밖에 없었고, 이 자리를 역으로 루딘이 뛰어드는 것이다.

루딘에게 있어서 주요한 거점이라 여겨지는 부분이었건만, 과감히 내던지고 역으로 발목을 무는 그들의 행위에, 오히려 질려버렸던 경험이 수두룩했다.

뿐만 아니라, 다른 세력에 그들 암전의 움직임을 알려서, 루딘이 아닌 타 세력에게 빈집을 털리는 경우도 제법 많았다.

결코 혼자서는 죽지 않는 루딘의 끈질기고도 악독한 행위로 인해, 그간 받은 손해가 이만저만이 아니었다.

때문에 적당한 거리감을 유지한 채, 루딘과 대치만 하는 것으로써 현상유지를 해 온 것이다.

하지만 상황이 변했다.

그들 암전에서 수십 년간 공들여온 연구가 물거품이 될 수도 있는 상황이었다.

루딘에게 당하고 한 차례 엎어졌던 경험까지 생각한다면, 그 기간은 실로 어마어마했다.

'족히… 반백년의 시간은 들어간 실험이지.'

그나마도 한 차례 루딘에게 당하던 무렵, 기본적인 뼈대 정도는 남아있었기에 이 정도 기간이 걸렸을 뿐이었다.

'겨우 성공이 눈앞에 있건만, 그 와중에 천적이라니.'

원로회의 브락셀은 사납게 이를 갈며 목적지를 바라봤다.

'버밀라닌 자작령!'

겨우 덜미를 잡았다고 해야 할까?

루딘의 발길이 저곳으로 향했다는 보고를 받았다. 이를 듣고 주변의 병력을 박박 끌어 모아서 달렸다.

그 숫자만 무려 삼백!

하나같이 사냥개들로 구성된 암전의 정예중의 정예였다. 망자의 천적으로 분류되는 대상이 있는 장소인 만큼, 망자들을 끌어들일 생각은 하지 않았다.

삼백 명의 사냥개라면 이곳 중앙대륙의 주 전력 절반가량이 투입되는 것과 다를 게 없었다.

다른 불필요한 인원은 따르지 않았다. 애초에 따라 붙지도 못했다.

정예들만을 꾸려 전력으로 내달리는 만큼, 어쩔 수 없는 선택이며 상황이었다. 거기에 더해 원로회의 실력자들도 무려 일곱이나 함께하고 있었다.

그들 중 몇몇은 브락셀도 눈치를 봐야 할 정도의 지위를 지닌 이들로써, 하나같이 고위기사 급의 실력자들이기도 했다.

'음?'

문득, 브락셀의 눈가에 이채가 스쳤다. 저 앞으로 의외의 풍경이 눈에 들어온 까닭이었다.

'사람이 없어?'

중앙대륙의 라살탄 왕국이라면 교류 부분에 있어서는 손에 꼽히는 왕국이었다. 그곳에 속해있는 영지인 만큼, 버밀라닌 자작령 역시도 성문을 오가는 사람들의 발길이 끊길 일이 없었다.

헌데도 불구하고 성문을 지나는 사람들이 보이질 않았다.

모든 통로에 발길이 끊긴 건 아니었다. 하지만 그들이 향하는 길목과 연결된 통로에서는 사람들의 흔적이 비치질 않았다.

"정지!"

불길한 느낌이 다급히 손을 들어 무리의 이동을 멈췄다. 그리고는 신중한 눈빛으로 전방을 살폈다.

'…저자는?'

단 한명, 성문 옆으로 늘어진 그림자 사이로, 희미한 인영이 비쳤다. 자세히 살펴보니 눈에 익은 얼굴이었다.

[망자들의 천적!]

암전이 루딘을 추격하던 당시, 망자들을 처단하던 그 사내였다. 말인 즉, 그들의 목표물이라는 의미인 것이다.

브락셀의 시선이 뒤로 향했다.

다른 원로회의 인원들과 시선을 나누는 것이다. 그 와중에 오간 눈빛과 고갯짓으로 대략적인 상황을 짐작한 듯, 그들 역시도 표정이 한껏 굳어있었다.

자연스레 경계태세를 취하고 주변을 살피기 시작했다. 한 차례 염두에 두고 있던 상황을 상기한 까닭이었다.

'…함정인가?'

어쩌면 지금 이 상황이 저들 루딘의 계략일지도 모른다는 생각이 든 까닭이었다.

이리저리 주변을 살피는 찰나였다.

전방의 목표물이 움직이기 시작했다.

❖ ✣ ❖

대단하다고 해야 할까?

'정말로 여기로 왔네.'

에던은 영지 안에서 전투를 벌이자니, 왠지 불상사가 발생할지도 모른다는 생각에, 혹시 외부에서 판을 벌이는 건 안 되냐고 슬쩍 물었다.

이곳 버밀라닌 안으로 끌어들이는 게 가장 자연스러운 흐름이겠지만, 굳이 외부에서 판을 벌인다면 루딘으로써도 상황이 생각보다 어려울 수도 있었다.

하지만 아헬트는 흔쾌히 고개를 끄덕였다. 그 뿐만이 아니었다.

[추격자들을 한 방향으로 몰아드리지요.]

이 같은 단언과 함께, 에던은 동쪽의 세 번째 성문 측에서 대기하도록 했고, 놀랍게도 암전은 정확히 그 길목으로 모습을 드러내고 있었다.

[저들의 조급한 심정을 이용한다면, 불가능하지는 않을 겁니다.]

그 같은 장담에 설마설마 싶었는데, 정말로 그 설마가 실현된 것이다.

'거 참….'

만약의 사태를 대비하여, 이미 동문 측의 통행은 통제 중에 있었다. 물론, 사람들의 발길이 완전히 끊긴 건 아니었지만, 중간중간 병사들이 방향을 잡아주는 덕분에, 세 번째 통로 측으로 향하는 걸음은 없었다.

냉정하게 판단한다면, 저들 암전을 영지 내부로 끌어들인 뒤 암습으로 하나하나 해체해 나가는 것이 더 쉬울 터였다.

하지만 에던은 그리 해서는 안 된다는 걸 알았다.

[초월자!]

그를 알리는 무대였다.

[일인군단!]

이를 증명하는 자리였다.

'삼백…정도 되나?'

딱 봐도 사냥개들로만 이뤄진 암전의 정예들로 보였다.

"아… 쪼그라들었네."

슬그머니 사타구니 측을 쪼물딱거린 에던이 전방으로 향했다.

"쯧! 이런 건 내 방식이 아닌데."

그에게 허락된 무장은 단 하나 뿐이었다.

칼 한 자루!

평상시 각종 병장기를 바리바리 싸들고 전투에 임하는 그의 성격과는 맞지 않았다. 항시 몸 안 곳곳에 숨겨놓았던 암기도 없었다.

덕분에 몸은 가벼웠지만, 그 산뜻함이 오히려 어색하다고 해야 할까?

"아… 지릴 것 같은데."

결국, 밀려드는 긴장감이 성문 한쪽에 실례를 하고 나서야, 재차 걸음을 옮길 수 있었다.

❖ ✣ ❖

"허허…."

웃음이 나왔다.

즐거워서 웃는다는 느낌이 아닌 황당함 섞인 헛웃음이었다.

'소변이라니….'

성벽 위에서 지켜보던 아헬트는 괜스레 눈살이 찌푸려지는 걸 느꼈다. 아무리 버릴 수 있는 거점이라지만, 이곳 영지는 아직까진 그의 터전이었다.

뻔히 집 주인이 보고 있는 걸 알고 있을 것이건만, 문 앞에다 볼일을 본다? 썩 좋은 기분은 아니었다.

웃는 얼굴과 달리 속에서는 살살 열이 차오르려 했기에, 에던에게서 시선을 거둬 저 멀리 불청객들을 바라봤다.

자연스레 떠오르는 단어가 있었다.

'레드문이라….'

암전의 전력이 이곳 한 방향으로 움직일 수 있었던 실질적인 역할이 바로 그들에게 있던 까닭이었다.

루딘 역시도 충분히 그 같은 역할을 수행할 수는 있었다. 하지만 시간의 다급함과 인원의 부족함에 적잖은 희생이 필요했을지도 몰랐다.

실제로도 일말의 희생을 각오하며 에던의 제안을 수락한 것이기도 했다.

하지만 갑작스런 인물이 등장해, 이 같은 부분을 해결해 줬다.

'여왕의 가시!'

익히 잘 알고 있는 존재들이었다. 직접적으로 대면한 적은 없지만, 레드문의 주인이 키운 정예들을 어찌 모르겠는가.

방문객은 루딘과 레드문의 연계를 약속했다. 대륙 최고 수준의 정보단체가 손을 내민다?

그 이유가 또 놀라웠다.

[사신께는 붉은 달의 축복이 함께하고 계십니다!]

전율이 일었다.

'밤의 여왕과 사신이 아는 사이였을 줄이야.'

놀랍게도 상대는 이미 루딘과의 동맹에 부족하지 않는 자격을 갖추고 있던 것이다.

하지만 그럼에도 불구하고 스스로를 증명하고자 전장에 섰다.

암전을 향하던 눈길이 에던에게로 돌아갔다.

'으음….'

하지만 몇 호흡 이어지기도 전에 다시금 시선을 거둬들여야만 했다. 연신 사타구니를 쪼물딱대는 뒷모습이 상당히 부담스러웠기에, 어쩔 수 없는 반응이었다.

❖ ✣ ❖

암전의 원로회에서 나온 실력자 '켈탄 후룬'은 주변에 적이 없다는 걸 확인하자, 지금 상황을 확실히 인지할 수 있었다.

'…우릴 기다린 것인가?'

태연히 다가오는 목표물의 모습에서 그 같은 예감이

들었다.

생각해보면 사방에 퍼져 움직이던 그들 루딘의 인원들이 점차적으로 합류하고, 또 모여들며 같은 동선으로 움직이던 부분에서, 이미 기이한 흐름을 느꼈었다.

하지만 분명하게 남아있는 루딘이 흔적으로 인해, 그 뒤를 추격하지 않을 수가 없었다.

분명, 함정이라는 느낌도 받았다.

'함정일지도 모른다는 이야기도 나왔지.'

하지만 그럼에도 불구하고 주저 없이 길에 올랐다. 사안이 사안인 만큼 주저할 시간도 없었고, 거기에 더해 모여든 전력 역시도 충분한 자신감이 되어 등을 떠밀어줬다.

때문에 지금 이 상황을 이해하기가 어려웠다.

함정이라는 느낌은 여전했다.

'그렇다면… 왜 혼자서 우릴 기다린 거냐?'

말도 안 되는 의문 하나가 이어졌다.

'설마, 혼자서 상대하겠다는 건 아니겠지?'

고개를 저으면서도 상황이 너무도 딱 들어맞는다는 느낌을 지우기가 어려웠다.

저도 모르게 다른 원로회의 동료들에게로 시선이 향했고, 하나같이 불쾌한 혹은 불편한 눈빛으로 이를 마주해오고 있었다.

이를 통해서 그들 역시도 같은 생각을 하고 있음을 알았다.

'으드득… 감히!'

켈탄을 비롯한 원로회의 실력자들이 일제히 사나운 기세를 터트렸다. 이 즈음에서는 브락셀 역시 상황을 깨달을 수 있었다.

일단, 여기서 그의 주된 임무는 두 가지였다.

첫 번째는 망자들의 천적을 확인하는 것이었다. 그가 현장을 목격했던 만큼, 적임자일 수밖에 없었다.

그리고 두 번째는 상대의 정체였다.

'사신, 운트!'

이미 그와 관련된 정보들이 집중적으로 분석되고 있는 중이었고, 이와 관련된 내용들도 자연히 그에게로 넘어온 상황이었다.

이를 토대로 천적과 사신의 관계를 확인하는 것이다.

'…그렇다면 스페렌에 있는 3공주와 검술선생은 가짜가 맞겠군.'

덕분에 또 다른 정보 역시도 증명되는 순간이기도 했다. 그리고 여기까지 정리가 끝났을 즈음, 목표물과의 거리가 눈에 띄게 좁혀져 있었다.

거침없이 다가오는 만큼, 어느새 서로의 목소리가 닿을 만한 거리까지 다다른 것이다.

"선보냐? 뭘 그렇게 눈치만 보고 있어? 나 잡으러 온 줄 알았는데, 아니었어?"

그리고 이어지는 목표물의 도발에 켈탄을 비롯한 원로회의 실력자들이 움직였다.

물론, 그들이 직접 행동한 건 아니었다. 짧은 수신호가 오가고 동시에 사냥개들이 전방으로 튀어나갔다.

저 당당한 태도에서 찝찝함을 느낀 까닭일까?

일단 사냥개들을 풀어 상대와 상황을 명확히 파악하려는 의도였다.

최초로 달려든 사냥개의 수는 서른이었다.

각기, 서른씩 열 개 조로 나눠놓은 까닭이었는데, 개개인이 선임기사 수준이라는 걸 생각한다면, 원로회의 실력자들 역시도 긴장해야만 하는 인원이었다.

상대의 실력을 파악하기에 모자람이 없었다.

하지만,

'뭐야, 저건?'

그들의 눈에 비친 건, 그야말로 믿기 어려운 광경이었다.

어른과 아이?

혹은, 지도대련?

목표물은 너무도 수월하게 사냥개들의 검을 막고 비틀고 흘리며 거기에 더해 반격을 내지르고 쓰러트렸다.

마치, 약속대련이라도 하는 것 같은 장면이었다.

더더욱 소름끼치는 건, 쓰러진 자들에게서는 피 한 방울 흐르지 않는다는 점이었다.

그냥 툭 치니까 픽 하고 쓰러지는 느낌이랄까?

정확히 서른 번!

저들 사냥개라 불리는 암전의 심판자들 30명이 쓰러지

는데 사용된 칼질의 횟수였다.

부르르르…

서늘한 전율이 등줄기를 타오르는 순간이었다.

❖ ✣ ❖

새삼스럽다고 해야 할까?

'망자들과는 다르네.'

에던은 사냥개를 베었던 감각을 떠올리며 가볍게 손을 풀었다. 생각 이상으로 힘이 들어가는 느낌이었다.

선명하게 죽음의 궤적을 보여주던 망자와 달리, 사냥개들은 그 궤적의 농도가 옅었다. 물론, 그렇다고 해서 그들의 숨결을 거두는 게 어려웠다는 의미는 아니었다.

단지, 그 검 끝에 핏물이 묻어나는 상황을 지우려다 보니, 생각보다 힘이 많이 들어갔을 뿐이었다.

정확히 '삶'을 베어내고 '죽음'만을 낳고자 했다.

'육신 그 너머를….'

사신이라는 그의 별명에 너무도 어울리는, 그런 장면을 연출하기 위한 그 나름의 계획이었다.

서른 번의 칼질을 위해 생각보다 많은 몸놀림이 필요했다. 살짝 숨이 차려고 했지만, 한 호흡 여유를 두고 두 호흡 오만한 시선을 만끽한 뒤, 세 호흡 적들을 깔아봄으로써, 숨결은 제 자리를 찾을 수 있었다.

게다가 앞서 서른 번의 칼질을 통해 간을 본 덕분인지, 망자와의 차이점과 더불어 얼마만큼의 힘이 필요한지도 감을 잡았다.

'할 수 있다!'

에던이 검을 움켜쥔 채 다시금 걸음을 옮겼다.

급할 이유는 없다.

느긋하게 오만하게 건방지게, 그렇게 천천히 적진으로 발을 들였다.

하지만 감히 누구도 그의 앞을 막아서려 하지 못했다. 단 한 번의 격돌이 가져다준 전율이 그들의 발목을 움켜쥐고 놓아주질 않는 까닭이었다.

이는 원로회의 실력자들 역시 마찬가지였다. 직감적으로 그들은 눈앞의 상대를 감정해냈고, 그 결과가 그들의 덜미를 잡은 것이다.

'초월자!'

아득해지는 기분을 맛봐야만 했다.

'사신, 운트!'

차세대의 초월자라 불리던 그가 이미 별의 영역에 발을 들였다는 걸 깨달은 까닭이었다.

겨우 20대로 보이는 저 젊은 청년이 초월자라는 건, 그야말로 상상도 못했던 상황이며, 동시에 사건이기도 했다.

때문에 소름이 끼쳤다.

지금 이 전장을 통해 저 젊은 초월자가 그들 암전의 대적자로 남을지도 모르는 상황인 까닭이었다.

하지만 그렇다고 해서 물러날 수도 없다는 게 그들이 처한 현실이었고, 이 같은 깨달음이 경직되어 굳어버린 등을 떠밀어줬다.

'어떻게든… 오늘 끝장을 내야 한다!'

특히, 상대는 초월자라는 사실이 아직 알려지지 않은 상황이었다.

그렇다는 건, 아직까지는 '차세대의 초월자'라는 위치라는 의미와도 같았다. 젊은 신예인 것이다.

'끝장을 본다!'

자칫, 새로운 왕의 탄생을 불러올지도 모르기에, 더더욱 지금 이 자리에서 결착을 지어야 했다.

차차차창…

켈탄을 비롯한 원로회의 실력자들이 먼저 검을 뽑았고, 거기에 반응하듯 사냥개들 역시도 각자의 병장기를 꺼내들었다.

"간다!"

외침과 함께 켈탄이 먼저 달려들었다. 그리고 호흡을 맞추듯 다른 원로회의 실력자들도 함께 뒤를 따랐다.

브락셀은 철저히 사냥개들의 지휘에만 전념했다. 어차피 그의 실력으로는 저들 일곱과 함께하기에는 무리가 있는 까닭이었다.

게다가 저들은 일곱이서 합격을 이루는 일종의 팀과 같았다.

때문에 그가 끼어드는 건 오히려 방해가 될 수도 있었다.

누가 봐도 사냥개와는 분위기가 달라 보이는 일곱 명의 돌격에 에던이 눈을 빛내며 자세를 잡았다.

'원로회!'

한 눈에 느낌이 왔다. 사냥개도 아니고 몰이꾼도 아니며 망자 역시도 아니다. 그렇다면 남는 건 결국 원로회 뿐이었다.

긴장감이 일었으나 몸이 굳지는 않았다. 그들에게 향하는 궤적을 이미 본 까닭이었다.

상대의 실력을 증명하듯, 그 선명함이 부족했지만 리베이트와의 대결에는 이보다도 더 흐릿한 상황에서도 궤적을 따라잡았었다.

당혹스러운 점이라면, 일곱이나 되는 이들의 흐릿한 궤적들이 이리저리 겹쳐드는 부분에서, 일말의 어지러움이 남는다는 점이었지만, 이 역시 오래지 않아 적응할 수 있을 거라 여겼다.

"후읍!"

한 차례 숨을 삼키며 훌쩍 전방으로 몸을 던졌다. 갑작스런 돌진에 간격이 단숨에 줄어들었지만, 서로가 만만찮은 경험을 쌓은 노련한 실력자들이기에, 당황하지 않고 각자가 생각하는 최선의 검격과 동작들을 뻗고 취했다.

파파파파파팍…

서로에게 공격이 닿은 건 아니었다. 하지만 그 끝에 갈라지는 대기의 파공성만으로도 짜릿한 전장의 여파가 허공중에 퍼져나가고 있었다.

숨 막히는 공방이라는 게 이런 것일까?

에던과 원로회의 일곱 실력자들은 절묘하게 위기 속을 유영하며 아찔한 공방을 쉴 새 없이 주고받았다.

마치, 한 판의 춤사위를 보는 것 마냥, 그들 여덟이 보여주는 몸놀림은 그야말로 예술 그 자체였다.

하지만 그 환상과도 같은 시간은 길게 이어지지 못했다.

어쩐 일인지 원로회의 실력자들 측에서 먼저 발을 뺀 까닭이었다.

하지만 에던은 크게 의문을 느끼지 않았다. 그를 중심으로 넓게 포위를 이뤄가는 사냥개들의 기척을 이미 읽었기 때문이다.

저들 일곱은 그 시간을 벌기 위한 역할을 맡은 것이다. 그가 혹여나 포위망을 벗어나지 못하도록 붙잡는 역할이기도 했다.

물론, 그 외에도 직접적인 격돌을 통해 에던의 실력을 체감하기 위한 이유도 있었을 것이다.

짧게나마 검을 섞어본 경험을 통해, 저들은 한층 더 긴장감을 일깨우며 각오를 다지게 될 터였다.

이를 위한 격돌이기도 했다.

'합격진인가?'

에던은 주변을 둘러싼 사냥개들의 위치에서 묘한 흐름을 느낄 수 있었다.

비록 저들의 숫자가 세 자릿수라고는 하나, 결국 그 한명과 마주하는 건 겨우 두 자릿수를 넘나드는 수준일 터였다.

하지만 절묘하다고 해야 할까?

검을 든 이들 너머로 창을 비롯한 장병기를 든 이들이 자세를 잡고, 그 사이사이 자그마한 소형 활을 든 채, 시위를 당기는 이들이 보이면서 한 순간에 감당해야 할 인원의 수가 배 이상으로 늘어있었다.

당장 눈앞의 적들만 해도 10명은 넘어보였고, 그 너머로 가면 수가 배로 불어나며, 또 거기서 한 차례 더 수가 늘어나는 게 세 번째 라인이었다.

'루딘을 상대하기 위해서 준비한 합격진이지만….'

브락셀은 사냥개들의 후방에서 지휘를 준비하며 에던을 바라봤다.

루딘의 뛰어난 합격진을 맞상대하기 위해, 암전에서 준비한 다양한 합격진 중 하나로써, 한 개인을 상대로 특히 위력을 발휘하는 것으로 준비를 갖췄다.

각기 서른 명씩 한 개 조를 이루고 있는 사냥개들이었다. 여러 조가 한 자리에서 손발을 맞추는 만큼, 당연히 저 진의 흐름은 각 조들이 중간중간 겹쳐지는 부분이 있었다.

이 같은 부분들을 조율하고 어색하지 않게 흐름을 이어나가게 만드는 것, 그게 바로 브락셀이 이 자리에 있는 이유였다.

대외활동을 자제하고 있는 루딘의 단창을 비롯하여, 각 세력들의 최고 실력자들을 상대하기 위해 마련된 것이기도 한 만큼, 합격진 자체에 대한 의심은 없었다.

'하지만….'

과연, 통할지는 의문이었다.

이미 상대의 실력과 위치를 짐작하고 있기에, 자신감보다는 긴장감과 부담감이 등줄기를 타올랐다.

'초월자….'

직접적으로 초인을 상대로 실험을 해 본 적이 없다는 부분 때문일까? 종래에는 좌절감으로 이어질까 두려워, 애써 이 같은 감정들을 외면하며 등 뒤로 밀어놓고 있을 뿐이었다.

진형이 갖춰지고, 브락셀이 신호를 보냈다.

차차차창…

기다렸다는 듯 사냥개들이 이빨을 드러내며 달려들었다.

"후읍!"

짤막하니 숨을 삼킨 에던이 일차적으로 밀려드는 검격의 파도를 피해냈다. 반격의 기회를 노리는 순간, 그 너머에서 창이 뻗어오며 호흡을 방해했다.

이마저도 피해내지만 거기서 끝이 아니었다. 암기보다도 은밀하며, 그보다도 빠르고 또한 거세고 날카롭게 자그마한 화살들이 그를 향해 날아들었다.

그 순간 에던의 눈이 불을 뿜었다.

티티티팅…

화살의 촉 자체도 그렇지만 안에 담긴 힘 자체도 실질적인 활의 위력에 비한다면 부족함이 있었기에, 에던의 검은 어려움 없이 이를 쳐낼 수 있었다.

물론, 정면으로 받아내는 건 쉽지 않겠지만 궤도를 비트는 것 정도는 얼마든 가능했다.

오로지 그 한명만을 노리며 날아드는데다가, 다른 사냥개들의 시야나 위치들을 고려해야하는 만큼, 그 궤적은 생각보다 단순했다.

따다다당…

비틀어 튕겨낸 화살들이 최전선의 사냥개들에게로 향했으나, 그들 역시도 각자 특급이라 불리는 실력자들이었다.

어렵지 않게 화살을 막고 튕겨내는 게 보였다. 거기까지는 충분히 예상했던 바였다. 그저, 이 같은 행위를 통해 저들의 행동에 자그마한 균열을 만들고, 그 사이로 파고드는 것이 목표였다.

'합격진도 합이 맞아야 진이라고 부르지.'

흐름 자체를 비틀고 꼬아서 난전으로 몰아간다면, 그때부터는 오히려 그의 독무대가 될 터였다.

'난장이라면 내가 또 한 환장하지!'

그렇게 두어 차례 정도 더 화살을 쳐 냈을 즈음, 에던은 바라던 틈이 생겨나는 걸 느꼈고, 주저 없이 간격 안으로 발을 밀어 넣었다.

핏…피핏…

옷깃이 썰려나가는 게 느껴졌다. 하지만 통증 같은 건 없었다. 최소 최적의 움직임으로 비쳐드는 궤적 사이로 몸을 집어넣는 것만으로도, 죽음의 영역은 그를 비껴갔다.

그저 병장기의 예기에 살갗이 따끔한 정도가 전부였다.

그야말로 찰나라고 할 법한 순간에 이미 간격은 그의 것이 되었고, 첫 타격성이 터져 나왔다.

뿌득!

검 끝이 닿기에는 간격이 너무 좁았다. 때문에 먼저 팔꿈치를 찔러 넣었다.

"끄륵…."

반응은 길지 않았고, 숨결은 더욱 짧았다. 그렇게 하나의 생이 사그라지는 순간, 새로운 사냥개가 그 자리를 다급히 채우며 들어오는 게 보였다.

'음?'

그리고 이 순간 오히려 그가 서 있는 장소를 중심으로 새로운 흐름과 궤적이 그려지는 걸 보고 또 느꼈다.

자연스러운 합격진의 변형에 에던의 눈이 일순간 동그래졌으나, 육신은 착실하게 변화에 적응하며 움직이고 있었다.

'일단, 잡고!'

새롭게 끼어들었던 사냥개를 낚아챘다. 그와 동시에 훌쩍 거리를 좁히며, 품 안으로 포옥 파고들었다.

퍼퍽!

명치를 찌르고 턱을 쳐 올리는 단타들로 호흡 그리고 정신을 흔들고, 이내 몸을 빼내며 강하게 양 발로 밀어 쳤다.

뿌득!

또 하나의 숨결이 끊어지는 게 발끝으로 전해져왔다. 거기에서 밀려드는 반동을 이용하며 훌쩍 역방향으로 몸을 띄웠다.

뒤로 다시 반전하여 앞으로 그러다가도 때로는 좌우를 오가며, 그야말로 규칙이라는 걸 찾아보기가 어렵게, 얼핏 난잡하다고까지 할 수 있는 움직임으로 두서없이 합격진 안을 뛰어다녔다.

"으음…."

합격진을 조율하던 브락셀의 입에서 나직한 신음성이 흘러나왔다.

순간순간 상황에 맞춰 흐름을 조정하고 있다고는 하나, 에던이 보여주는 움직임을 따라잡기가 쉽질 않았다.

다양한 연계가 마련되어 있는 합격진이었으나, 에던의 움직임이 그보다 한 걸음, 최소 반걸음은 더 빠른 게 문제였다.

당연하게도 점차적으로 흐름을 잡기가 어려워질 수밖에 없었다. 거기에 더해 사냥개들 역시도 손발이 꼬이는 듯, 그의 신호에 대한 반응이 늦춰지는 게 보였다.

암전의 사냥개들은 각자가 특급에 달하는 실력 때문인지, 각자가 지닌 자부심이 남달랐고, 그로 인해 합격진으로 손발을 맞추는 것 보다, 개인적인 성향이 더 강한 이들이었다.

그 같은 여파 때문일까?

점차적으로 벌어지기 시작한 균열은 빠른 속도로 그 틈을 넓혀가고 있었다.

'이 정도일 줄이야….'

다른 이유야 어찌 되었건 합격진이었다.

그것도 암전에서 마련한 고위의 합격진이기도 했다. 그 안에서 저처럼 자유롭게 움직인다?

'초월자… 으음!'

오로지 그 하나의 단어만이 한 가닥 위안거리일 뿐이었다.

물론, 그렇다고 해서 손 놓고 있을 수는 없었다. 비틀리는 흐름을 힘겹게 부여잡으며, 에던을 압박하는데 집중했다.

'아직 합격진이 깨진 건 아니니까!'

하지만 이런 그의 노력을 비웃기라도 하듯, 전장은 점차 일관된 흐름을 잃어갔고, 오래지 않아 규칙이 사라지면서, 혼돈과 혼란만이 가득한 난전의 소용돌이 속으로 빠져 들어갔다.

"끄응…."

앓는 소리가 절로 새나왔다. 그로써도 더 이상 통제가 어렵다는 걸 깨달은 까닭이었다.

배역에게 역할이 사라지는 순간이 달가울 리가 없었다.

그 개인의 실질적인 능력 자체는 원로회의 실력자들에 비해 부족하고, 사냥개들에 비해서도 크게 나은 수준도 아니었다.

결국, 사냥개들을 지휘하는 게 그가 이 자리에서 맡은 역할이며 할 수 있는 전부였다.

그의 시선이 뒤로 물러난 원로회의 일곱 실력자들에게로 향했다.

사냥개들이 전투를 이끌고 있기는 하나, 실질적인 마무리는 그들이 할 터였다.

냉정하게 들릴지 모르겠으나, 사냥개들은 그저 희생양일 뿐이었다. 저들 원로회의 실력자들이 최상의 상태로, 체력을 소모한 대적자를 맞이할 수 있게, 암전에서 마련된 소모품이었다.

당연하게도 그들은 지금 이 순간, 최후를 위한 준비를 하고 있어야 옳았다. 하지만 이게 웬일?

두려움 혹은 공포!

그 얼굴 가득 그늘이 깔려있는 것이 아닌가.

다시금 전장으로 시선이 향했다. 그리 긴 시간도 아니

었건만, 난전 사이로 수북이 쌓여가는 죽음의 그림자들이 보였다.

켈탄을 비롯한 원로회의 실력자들은 각자 고위기사 급의 실력들을 갖추고 있었다.

정예 중의 정예인 만큼, 그들도 사냥개 서른 정도는 홀로 처리할 수 있다. 일곱이 손발을 맞춘다면, 삼백에 달하는 사냥개도 충분히 감당할 수 있을 것이다.

하지만 저처럼 빠른 속도는 말도 안 되는 일이었다.

그들은 지닌바 실력으로 인해 이 같은 진실을 깨달으며, 너무도 뼈저리게 사신의 능력을 인정하게 만들어버렸다.

각오를 굳히기 위해 물러났건만, 오히려 각오가 깎여나가고 있었다.

'이건, 어쩔 수 없나….'

브락셀은 그에게 주어진 마지막 임무를 수행해야 할 때라는 걸 깨달았다.

조심스럽게 걸음을 뒤로 뺐다.

'…전해야 한다!'

이곳에서 벌어진 모든 사건들을 보고하는 것!

그것이라도 제대로 수행하려면 지금밖에는 물러설 기회가 없다는 걸 직감했다.

[별의 탄생!]

그 사실을 전해야하는 것이다.

'용병들의 왕!'

그들을 이용하며 성장해온 암전에게 있어서는 결코 용납할 수 없는 단어이며 존재였다.

'이미… 피하기에는 늦었다!'

막을 수 없다면, 조금이라도 더 일찍 대비를 해야만 했다.

❖ ✣ ❖

직접 검 끝을 나누고 격전을 치르며 깨달았다.

'…졌다!'

본격적으로 겨루기도 전에 이미 결론이 나와 버렸다. 때문에 소모품들에게 기대를 걸었다.

삼백에 가까운 인원들의 합격진인 만큼, 충분히 체력을 소모시킬 수 있을 거라 믿었기에, 작은 희망을 품어봤다.

하지만 이런 기대가 허무하게도, 상대는 괴상한 방법으로 그들이 만든 무대를 부숴버리고, 너무도 당연하다는 듯 난전으로 상황을 유도하더니, 마치 물 만난 고기마냥 그 안에서 자유로이 헤엄을 치며 죽음의 항해를 시작했다.

'일인군단!'

새삼 그 단어가 머릿속을 맴도는 순간이었다. 스스로가 고위기사 급의 실력자라 자부하는 만큼, 저 죽음의 궤적 속에 담긴 깊이를 모를 수가 없었다.

쉴 새 없이 의지가 깎여나가는 와중에도 각오를 다져야만 하기에, 절로 안색이 창백해 질 수밖에 없었다.

함께 호흡을 맞춰온 일곱의 동료는 서로에게 마지막 시선을 보내며 최후를 준비했다.

희망?

떠올리기에는 너무 먼 단어였다.

'으득!'

억세게 이를 악물며 전장으로 걸음을 내딛었다. 무대는 어느새 종막을 향해 치닫고 있었다.

피날레를 장식해야 할 시간이었다.

❖ ✣ ❖

세 자릿수.

그것도 초반을 살짝 넘어, 중반대로 넘어가는 수였다. 그들을 상대로 생과 사를 논해야한다. 부담이 안 된다고 하면 거짓말일 것이다.

허나 거기에 짓눌릴 이유도 없었다.

'여기는 전장이다!'

삶과 죽음이 교차되는 장소였다. 평생의 절반가량을 그곳에서 살아왔기에, 이 달짝지근한 공기가 오히려 몸에 맞는 느낌이었다.

그렇게 취하듯 또는 홀리듯 검을 휘두르고 또 휘저었다.

마치 허수아비에 칼질을 하듯, 그저 베어지고 쓰러질 뿐 핏방울이 튀거나 살점이 뜯겨나가는 일은 없었다.

처음에야 그 수를 헤아리기도 했지만, 어느 순간을 기점으로 세어나가는 것도 잊어버렸다.

말 그대로 전장에 흠뻑 빠져들어 그저 전투를 할 뿐이었다. 전쟁을 할 뿐이었다.

난전으로 이끌었다고는 하나, 사냥개들 역시 각자가 특급이라 자부하는 실력자들인 만큼, 그 안에서도 나름대로 합을 맞추는 건지, 절묘한 연계를 맞춰 올 때가 있었다.

일순, 고위의 합격진을 연상케 할 정도의 합이었지만, 그저 상황에 맞춰 발생한 합인 까닭에, 그 안에 깊은 연계의 흐름이 없다는 부분에서, 에던은 크게 부담을 느끼지 못했다.

막기에 부담된다면 그저 피하고 물러나면 그만이었다.

등 뒤에도 적들이야 널렸다지만, 원래 난전이라는 게 그런 것 아니겠는가.

오히려 등 뒤의 적들에게 파고들어, 전방의 합을 쓸모없게 만들며, 그들 사냥개들의 날카로운 이빨과 발톱 그리고 성난 포효를 마치 농락하듯 꺾고 부러트리며 짓눌러버렸다.

"푸후우우우…."

그러다가도 한 번씩 호흡을 고를 시간이 필요해 검을 멈추지만, 누구 하나 그에게 이를 드러내는 사냥개는 없었다.

이미 승부가 난 것이다.

그들의 마음이 꺾여 부러졌음을 느끼고 있었다. 단지, 사냥개라는 자리가, 그들의 위치가, 마지막 자존심이, 뒷걸음질을 막고 있을 뿐이었다.

어느새 절반이 넘는 사냥개가 쓰러졌다. 하지만 에던은 처음 대결에 임하던 모습과 크게 달라진 것이 없는 모습이었다.

옷가지가 잘려나가고 땀도 제법 흘린 상태였지만, 그저 그뿐이었다. 피 한 방울 흘리지 않았고, 자잘한 상처도 없었으며, 지친 기색마저도 비치질 않고 있었다.

호흡 역시도 금세 제자리를 찾는다.

적으로써 전장에 서 있는 사냥개들에게는 그야말로 공포며 절망이고 악몽과도 같을 터였다.

그 때문일까?

점차적으로 그들 스스로가 자신들의 위치를 망각하게 만드는 분위기가 형성되어갔고, 슬금슬금 뒷걸음질을 치는 이들이 나오기 시작했다.

그리고 이 즈음,

원로회의 실력자들이 전장으로 뛰어들었다.

❖ ✣ ❖

비록 세 번째 통로를 막아놨다고는 하나, 버밀라닌 자작령으로 들어서는 동문 통로들이 전부 막힌 건 아니었다.

그로 인해 갑작스런 전투는 다른 통로 이용자들의 시선을 잡아 끌 수밖에 없었다.

거기에는 일반인들 외에도 물품거래를 위해 움직이는 상인들과 용병들 그리고 귀족들과 연관이 있는 이들도 여럿 있었다.

그리고 이처럼 조금은 다른 세상에 사는 이들의 눈과 감각은 전장의 상황을 남다르게 해석하고 받아들이게 만들었다.

[초월자!]

조금이라도 전장의 상황을 살피고 분석할 수 있는 이들이라면, 충분히 떠올릴법한 그 아찔한 단어 하나가 그들 몇몇의 인원들에게 각인되고 있었다.

그들의 본능은 지금 이 순간 예감했다.

별의 탄생!

그 영광을 가까이서 경험하고 있음을 깨달았다.

앞으로 대륙에 퍼져나가게 될 새로운 별빛의 찬란함을 칭송하는 외침에, 그들의 목소리 역시 끼어있을 게 분명했다.

'이 정도라면….'

성벽에서 내려다보던 아헬트는 작게 고개를 끄덕이며 동문 통로를 주욱 둘러봤다.

다른 통로들 중에서도 특히, 많은 상단과 상인들이 이용하는 곳이 바로 동문 방향이었다.

그 때문에 굳이 저 세 번째 통로를 닫아걸고, 그 앞에 무대를 마련한 것이기도 했다.

특히, 동문 제 1 통로의 경우에는 그 성문의 규모로 인해, 대형 상단들이 애용하는 통로였다.

소문의 출처가 되어주기에 충분한 것이다.

'남은 건….'

은밀히 방문했던 여왕의 가시가 떠올랐다.

'…레드문의 작업뿐인가.'

이곳에서 벌어진 사건은 은은히 물결치는 붉은 달빛을 타고 흐르며, 순식간에 대륙 전역으로 퍼져나가게 될 것이다.

'새로운 별의 탄생이라….'

스페렌에 뿌리를 두고 있다지만, 아무래도 청춘부터 황혼까지 머문 대지가 루딘이며 용병계인 까닭일까?

그 역시 지금 이 상황이 남다르게 느껴질 수밖에 없었다.

'…용병왕!'

황혼에 접어들며 그 박동에 여유가 생겼다 여긴 심장이 다시금 펄떡이는 것 같았다.

특히, 새로운 별의 전장과 그 실력을 직접 눈으로 본 까닭일까? 왠지 모르게 혈기가 들끓는 느낌마저 들었다.

저도 모르게 부르르 몸을 떤 그가 다시금 전장을 향해 시선을 돌렸다.

어느새 무대의 막을 내릴 시간이 다가오고 있었다.

◈ ✣ ◈

그들은 자신들이 마치 부나방 같다는 생각을 했다.

저 앞으로 활활 타오르는 죽음의 불꽃이 보였다.

최후를 이미 직감하고 있으면서도 달려들어야 하는 신세를 생각한다면, 오히려 더 최악일지도 모른다는 생각도 지우기가 어려웠다.

하지만 깎여나간 각오와 꺾여버린 희망으로 인해 오히려 죽음을 결심하기는 쉬웠다고 해야 할까?

과감히 죽음을 향해 뛰어들었다.

푸욱!

앞전과 같은 화려한 춤사위는 없었다. 그 대신 잔혹한 피비린내만이 있을 것이다.

'최소한….'

그 희생의 대가로 팔 하나, 혹은 다리 하나라도 거둘 수 있다면, 혹은 그에 합당한 피해를 입힐 수만 있다면, 충분히 만족할 수 있을 터였다.

분명,

그렇게 되어야만 했다.

푸푸푸푹…

하지만 어째서일까?

섬뜩하니 찌르는 소리가 들리건만, 핏방울이 튀지도 혈향이 일렁이지도 않았다.

'…어떻게 된… 거지?'

켈탄은 마지막 순간을 떠올렸다.

이를 악 물며 에던의 검에 정면으로 몸을 던졌다. 하나의 과녁이 되어 그의 검을 품안에 안고 갈 생각이었다.

그리고 꿰뚫렸다.

'대체….'

하지만 검은 품 안에 없었다.

'…어떻게?'

분명, 검이 가슴을 관통하는 걸 봤건만, 어째서 상처 같은 게 없는 것이며, 어이하여 통증도 없는 것이란 말인가.

게다가 뒤이어 들려왔던 그 섬뜩한 소음들은 어찌 설명해야 할까? 의문이 맴돌지만 더 이상 많은 생각을 하기가 어려웠다.

지금은 그저,

정신이 아득해질 뿐이었다.

풀썩!

시야가 검게 물든다고 여긴 순간, 켈탄의 신형이 바닥으로 무너져 내렸고, 약속이나 한 듯 나머지 여섯도 함께 차가운 대지위로 몸을 뉘였다.

"푸후…."

에던이 가볍게 숨을 골라내며 검을 털었다.

그 끝에 핏방울이나 살점 같은 건 묻어있지 않았지만, 그보다 진하고 묵직한 죽음의 잔향들이 가득함을 알기에,

무의식중에 이뤄진 행동이었다.

잠시 호흡을 조절하던 그의 시선이 쓰러진 원로회의 실력자들에게로 향했다.

한 순간이었지만, 그들에게로 향하던 죽음의 궤적이 선명해지는 걸 봤다. 그 순간 직감했다.

'죽음을 각오한 건가….'

대개, 그 같은 결심을 세우면 상대하기가 까다로워지는 게 보통이건만, 에던은 오히려 그 순간 더욱 검이 가벼워지는 걸 느꼈다.

'…너희는 마지막까지 삶을 쫓았어야만 했다.'

그리 생각하던 에던의 시선이 사냥개들에게로 돌아갔다.

'저들처럼….'

어느새 거리를 멀찌감치 벌린 그들은 이제 대놓고 등을 돌리며 도주하고 있었다.

쓰러진 원로회의 실력자들까지 포함, 총 237명의 사상자가 나온 그날은 전투는 새로운 별의 탄생을 알리며, 그렇게 무대의 막을 내렸다.

❖ ✣ ❖

단어자체만으로도 초미의 관심사가 될 수밖에 없는 사건이 벌어졌다.

[초월자!]

그 새로운 별빛이 떠올랐음에, 대륙전역이 들썩였다.

더더욱 놀라운 건, 상대의 정체였다.

[사신, 운트!]

한 해 전부터 유명세를 떨치기 시작하던 그 젊은 신예가 벌써 별의 영역에 발을 들인 것이다.

세상이 시끄러워지기에 충분한 요소였다.

특히, 그의 위치가 더욱 소란을 일으키며 세상의 이목을 집중시키게 만들었다.

"용병이라며?"

"키야… 드디어 네 번째 용병왕이 탄생하는 걸까?"

"에~이. 그저 뜬소문이라는 이야기가 많던데, 게다가 길드를 생각하면 벌써부터 왕이니 뭐니 하기는 이르지."

사람이 둘 이상만 모여도 최우선적인 화젯거리로 떠오르는 건 당연한 수순이었다.

평민에게는 그들만의 삶과 세상이 있다고는 하나, 초월자의 탄생에 관해서는 이야기가 달라진다.

그 존재자체만으로도 대륙 전역에 영향력을 끼칠 수 있는 존재인 만큼, 그들 역시도 관심을 기울이게 되는 것이다.

게다가 그저 일반적인 초월자와는 달랐다.

용병들의 왕!

그 자리를 획득할 수 있는 존재였다. 새로운 왕국의 탄생만큼이나 영향력이 큰 자리인 것이다. 그 때문에 더더욱 말이 많은 것이며, 수시로 술집 안주거리로 입가심이 될 수밖에 없었다.

"게다가 용병이라고 다 같은 용병인가?"

"하긴, 길드에서 인정을 안 하면 결국 말짱 꽝이잖아."

"그저 한 다리 걸치고 있는 정도면, 용병길드 측에서 먼저 밀어낼 게 뻔하지."

용병들의 왕을 뽑는 일이었다. 그 기반이, 그 뿌리가 과연 그들에게 닿아 있는지, 이는 실로 중요한 부분이었다.

게다가 각자 나름의 영역을 구축한 길드들도 문제였다.

과연, 그들이 제 머리위에 누군가를 올려, 지닌바 터전과 지분을 나누려고 할까?

호기심이 일었다.

정말로 왕이 탄생할 수 있을까?

전 대륙의 이목이 집중되는 순간이었다.

❖ ✣ ❖

새로운 절대자의 탄생은 여러모로 골치 아픈 일이 될 수밖에 없었다. 새로운 강적의 출현과도 직결되는 단어인 까닭이었다.

하지만 이번만큼은 일단 웃음으로 받아들였다.

"크하하하하하-!"

그리고는 다시금 보고서를 눈에 담았다.

"에던 운트!"

루드말은 그 이름을 입에 올리며 새하얗게 웃었다.

"재밌군. 재미있어!"

이미 에던의 재능은 알아보고 있었다.

그 육신 자체적인 재능이라면, 솔직히 가문의 아이들에 비해 부족한 면도 많다고 여겼다.

'뭐…아주 없는 건 아니지만.'

그의 기준에서 본다면 모자란 축에 속했다.

하지만 그럼에도 불구하고 가문의 기사들이 크게 당했고, 초월자라 불리는 그 역시 한방 먹었던 기억이 있었다.

보는 것만으로는 알 수 없는, 재능적인 측면 너머의 다른 게 있음을 알았다.

때문에 명문 검가의 주인이자, 초월자라 불리는 그 역시도 섣불리 측정할 수 없는 미지의 존재라는 결론을 내렸었다.

'크… 결국, 별을 품었단 말이지.'

그런 이유로 이 갑작스런 소식이 놀라우면서도, 다른 한편으로는 왠지 당연하다는 생각이 드는 것일지도 몰랐다.

게다가 나름 웃으며 즐길 수 있는 건, 에던을 '적'으로써 보고 있지 않은 이유도 컸다.

허나 그 웃음이 길게 이어지진 않았다. 앞으로 다가올 사건과 사고들을 짐작하는 까닭이었다.

새로운 왕의 탄생이었다.

그 개인으로써는 에던의 성장에 웃을 수 있었으나, 에벨린 왕국의 공작이자 한 가문의 주인으로써는 순수하게 웃어넘기기가 어려운 상황이었다.

'각국의 상부에서 움직이겠군.'

뿐만 아니라 용병길드 역시도 손을 쓸 것이다.

'암전….'

새로운 별의 탄생을 위한 희생양이 되어버린 그들 역시도 세상 전면에 모습을 드러내게 될지도 몰랐다.

에벨린과 마르센 그리고 라카타루, 그들 세 왕국의 전쟁 이상으로 대륙이 떠들썩해 질 거란 예감이 들었다.

특히, 그들 세 왕국과 달리, 암전은 한정된 영역이 아닌 전 대륙을 무대로 활동하는 이들이었다.

그 만큼 여파도 남다를 터였다.

"흐음…."

어느새 웃음기를 싹 지운 그의 시선이 보고서의 내용을 재차 훑어가고 있었다.

7. 왕의 길, 용병의 걸음!

7. 왕의 길, 용병의 걸음!

증명은 끝났다.

하지만 지금부터가 진짜 시작이기도 했다.

별의 영역!

그 빛을 의심하고 가리고자 하는 이들이 지금부터 찾아들 것임을 알기에, 앞으로의 여정은 그야말로 고난과 역경의 연속일 것이다.

때문에 결정을 내릴 수밖에 없었다.

"여기까지만 하자."

에던은 그 말과 함께 프레이트를 바라봤다. 그녀의 청으로 인해 말을 놓고, 거기에 더해 짧게나마 한 방을 사용한 경험이 더해지며, 둘 사이의 거리감은 적잖게 좁혀질 수 있었다.

그렇기에 더더욱 에던은 그녀와 이만 헤어져야 한다는 걸 알았다.

"안내자 역할은 그만 끝내자."

루딘까지 도착하는 것으로, 사실상 '프렌'이 할 일은 끝난 것이나 다를 게 없었다. 때문에 이를 강조하며 단호히 선을 긋고자 했다.

"싫어!"

하지만 그녀가 이를 허락하지 않았다.

"허락할 수 없어!"

절대, 허락하기 싫었다.

"나도 같이 갈 거야."

그녀의 단호한 외침에 에던이 쓰게 웃었다.

'끄응….'

이 같은 반응을 이미 예상하고 있었다.

그녀가 그를 어찌 생각하는지, 충분히 알고 또 느끼는 까닭에, 지금 이 순간이 더더욱 난처하고 또 난감할 수밖에 없었다.

'뭐가 부족해서 나 같은 놈을….'

새삼스럽지만 자신에게 대체 어떤 매력이 있는 건지, 스스로가 생각을 거듭해도 참 이해가 안 되는 부분 같았다.

하지만 분명한 건, 그 본인도 모르는 무언가가 있는 건 확실해 보였다.

'그렇지 않고서야….'

프레이트의 이 같은 태도를 어찌 받아들여야 하겠는가.

'…거, 참!'

때문에 강경하게 나갈 수밖에 없다는 걸 인정했다.

"3공주 저하."

말을 높이며 그녀가 세운 룰을 깼다.

"여기까지입니다."

그리고 재차 강하게 밀어냈다. 당연하게도 프레이트의 표정이 굳고 동공이 흔들리는 게 보였다.

그 표정과 눈빛에 마음이 약해질 뻔 했지만, 에던은 오히려 거기에서 더 억세게 그녀를 쳐냈다.

"공주저하는 제 약점이고 싶으십니까?"

충분히 많은 의미를 담고 있는 물음이었다.

스페렌의 왕족으로써 영수를 통해 수인족의 피를 일깨운 덕분일까?

그녀는 젊은 나이임에도 불구하고 선임기사 급의 실력을 지니고 있었다. 하지만 그럼에도 불구하고 그녀는 약했다.

그의 곁에 서 있기 위해서는 그 정도로는 부족했다.

암전과 용병길드 그리고 각국의 수뇌부들까지, 앞으로 그가 걸어가야 할 길이 얼마나 가혹한 가시밭길이 될 것인지는 충분히 예상할 수 있었다.

그녀 역시도 한 나라의 왕족이기에, 모를 수가 없었다.

때문에 그의 곁에서 떨어지지 않으려 했다. 하지만 그렇기에 더더욱 그를 따라갈 수 없다는 것 역시 알았다.

그녀는 약했다.

'나는….'

그의 곁에서 함께하기에는 부족한 것이다.

선임기사? 적어도 고위기사 급의 수준은 되어야 함께 할 수 있는 최소한의 자격을 갖췄다고 할 수 있었다.

아랫입술을 잘근 깨무는 그녀의 모습에 에던이 쓰게 웃으며 자리에서 일어났다.

일찌감치 챙겨둔 등짐을 메며 방문을 열었다.

"그동안 감사했습니다."

짧은 인사말과 함께 에던이 밖으로 향했다.

끼이이이익…

그 문이 닫히고 그의 잔향이 사라질 때까지, 그녀는 아무런 말도 하지 못한 채, 그저 그렇게 조용히 그가 떠난 자리만 바라보고 있을 뿐이었다.

지금이라도 저 문을 열고서 그의 뒤를 쫓고 싶었지만, 현실을 알기에 움직일 수가 없었다. 움직여지지 않았다.

그저 저 문이 다시금 열리고 그가 돌아오기만을 바라는 게, 이 순간 그녀가 할 수 있는 전부일 뿐이었다.

끼이이익…

그 같은 바람이 통하기라도 한 것일까?

문득, 방문이 열리는 소리가 들려왔다. 자연스레 시선이 그곳으로 향하는데, 안타깝게도 등장한 이는 기대했던 얼굴이 아니었다.

'버밀라닌 자작….'

혹은 아헬트라 불리는 사내로써, 루딘의 부단장이라는 특별한 신분을 지닌 이면세상의 강자이기도 했다.

또한 부친이자 스페렌의 국왕인 리베이트의 그림자라는 독특한 출신내력도 지닌 까닭에, 그녀로써도 여러모로 쉬이 대할 수 있는 상대가 아니었다.

때문에 애써 안색을 숨기며 기운 차린 모습을 연기해야만 했다.

"무슨… 일이신지요?"

"그의 전언을 가져왔습니다."

프레이트의 눈에 불이 들어왔다. 아헬트가 말하는 '그'가 조금 전까지 함께 있던 '그'라는 걸 아는 까닭이었다.

할 이야기가 있다면, 직접 전하고 갈 것이지, 왜 굳이 이런 번거로운 절차를 둔 것일까?

의문스런 그녀의 눈빛에 아헬트가 정중히 허리를 숙여 보이며 답을 내어주었다.

"루딘의 새로운 단장님을 뵙습니다."

"…예?"

잠시, 그 내용을 이해하지 못한 프레이트가 눈을 동그랗게 뜬 채 아헬트를 바라보았다.

하지만 그는 대답대신, 예를 취하던 모습 그대로 가만히 그녀의 이해를 기다려주었다. 그 덕분이라고 해야 할까? 뒤늦게나마 프레이트는 내용을 머리로 받아들일 수 있었다.

"루딘의… 단장이라고요?"

그 순간 아헬트가 자세를 바로잡으며 품 안에서 눈에 익은 물건 하나를 꺼내들었다.

'단장의 증표!'

리베이트가 에던에게 건넸던 루딘의 메달이었다. 함께하는 동안, 이런저런 이야기를 나누며 단장의 증표를 아헬트에게 건넸다는 이야기도 들은 적이 있었다.

헌데, 그 증표가 지금 이 순간 갑자기 왜 튀어나오는 것이며, 새로운 단장이라는 소리는 또 무엇이란 말인가.

당혹스러운 내용과 상황에 프레이트는 또 한 번 생각의 정리를 위한 긴 시간을 필요로 했다.

그가 언급되고 단장의 증표가 나왔다. 둘을 연관지으며 하나의 그림을 그려나갔다. 그렇게 완성시킨 이해의 끝에 그녀가 내어놓은 결론은 하나였다.

"그의… 뜻인가요?"

"그렇습니다."

메달이 그녀의 손으로 넘어왔다.

'그의 뜻이라면…!'

헤어짐이 끝이 아님을 알았기에, 그녀는 흔쾌히 새 역할을 받아들였다.

❖ ✣ ❖

버밀라닌 자작령을 막 벗어났을 즈음, 에던은 문득 알 수 없는 불안감이 밀려드는 걸 느꼈다.

'…뭐지?'

이내 그것이 프레이트로 인한 것임을 깨달았다.

'무사히 돌아가겠지?'

떠나오기 전, 루딘의 부단장인 아헬트에게 따로 부탁까지 했었다.

[그녀를… 잘 부탁합니다!]

살아있는 전설이라고 불리는 루딘의 호위라면, 아마도 걱정 없이 스페렌으로 돌아갈 수 있을 거라 믿었다. 그러니 이 갑작스런 불안감도 그저 잠시의 감상으로 인한 '착각'이라고 여겼다.

'괜찮을 거야.'

마지막에 보여줬던 그녀의 표정과 눈빛으로 인해, 괜히 더 마음이 쓰이는 것이라고 여겼다.

❖ ✣ ❖

아헬트는 창밖으로 보이는 자작령의 풍경을 찬찬히 내려다보며 조용히 미소 지었다.

'지금쯤이면 영지를 벗어났겠군.'

루딘의 유일한 일인동맹이 떠올랐다.

사신, 초월자 그리고 용병왕!

다양한 이름으로 불리고 있는 그를 생각하고 있노라니, 그간 그와 나눠왔던 이야기들 역시도 하나 둘 머릿속을 스쳐갔다.

그 중에서도 최근 나눴던 대화가 가장 인상적이었다.

[진정… 루딘의 단장이 되어 볼 생각은 없나?]

앞으로 에덴에게 다가올 시련을 알기에 그리 물을 수밖에 없었다.

루딘이라는 이름을 등에 업는 게 아닌, 그들 자체가 되어버린다면, 용병길드를 비롯한 각국의 수뇌부도 한 발 정도는 양보를 할 수밖에 없을 것이기에, 그처럼 제안을 했다.

물론, 가장 큰 문젯거리인 암전을 생각한다면, 먹구름이 걷힌다고 할 수는 없겠으나, 최소한 천둥과 번개가 폭풍처럼 내리지는 재해 정도는 피할 수 있을 터였다.

'암전이라는 존재 자체가 우박이겠지만….'

어쨌든 어느 정도는 불편을 해소할 수 있는 것이다.

그렇기에 재차 제안했다.

내심, 그에 대한 욕심이 생긴 이유도 컸다. 루딘의 부단장으로써, 전설의 역사를 써내려온 장본인이기에, 사냥개들을 상대로 에덴이 보여준 실력을 알아봤고, 그가 그리던 검의 궤적에 매료되어 버릴 수밖에 없었다.

마치 그들의 주인, 리베이트를 대면할 당시와 같은 충격이랄까?

하지만 그의 대답은 여전했다.

[거절하지요.]

혼자가 편하다는 이유도 있었다. 그럼에도 불구하고 몇 차례 더 단장자리에 대한 언급을 했고, 참다 못 한 에던이 일말의 짜증이 담긴 어투로 내뱉은 이야기가 있었다.

[그렇게 단장자리를 맡기고 싶으면, 저 말고 프렌에게나 주시죠.]

진심으로 한 이야기는 아니겠지만, 아헬트는 그 순간 눈을 번쩍 떴다.

'옳거니!'

그 날 이후로 더는 에던에게 단장자리를 제안하지 않았다. 이유라면 아주 간단했다.

프레이트!

그를 대신할 새로운 단장이 생각난 까닭이었다. 바라고 있던 옛 단장의 후계자이며, 동시에 새로운 초월자이자 용병들의 왕이 될 사신의 '연인' 이었다.

또한 그녀 스스로도 뛰어난 재능을 지닌, 스페렌 왕실의 일원이기도 했다.

'뭐… 아직 부족하긴 하지만.'

그 정도는 아헬트가 채워줄 수 있고, 가르칠 수 있는 부분이었다.

그리고 이 즈음에서 리베이트를 떠올릴 수밖에 없었다.

'어쩌면….'

그의 안내자로써 프레이트를 함께 보낸 건, 이러한 차선의 역할도 있는 것이 아닐까?

'…모를 일이지.'

하지만 한 가지는 분명했다.

[그녀를… 잘 부탁합니다!]

떠나기 전, 그는 부탁을 했고, 아헬트는 그 나름의 방식으로 그의 뜻을 받아들일 것이라는 점이었다.

용병왕!

여러모로 놓칠 수 없는 사내였다.

❖ ✣ ❖

각국이 수뇌부? 암전? 용병길드?

프레이트를 떼어 놓고서 새로운 여정에 오른 이유로써 언급되기는 했다. 하지만 실질적인 이유를 들라고 한다면 따로 있었다.

'레일라….'

마른침을 꼴깍 삼키는 에던의 머릿속으로 셰릴과의 아찔한 만남이 떠올랐다.

갑작스레 나타난 그녀의 등장과 함께, 마치 환상통마냥 사타구니 어림이 욱신거리며, 자세를 절로 움츠러들게 만들었다.

왜? 어째서? 굳이? 프레이트와 헤어져야 했느냐고 묻는다면, 지금 이 자세와 심정 그리고 심박수에 있을 것이다.

"오랜…만이야."

조금은 흔들리는 에던의 음성에 레일라가 고개를 끄덕이며 답했다.

"그러게…정말, 오랜만이네."

특유의 무표정에서 왜 이토록 진한 감정이 느껴지는 것일까? 에던은 연신 마른침을 삼켜야만 했다.

"그래서 그런가? 해야 할 말들이 참 많이 쌓여있는 것 같은데… 나만 그렇게 생각해?"

레일라의 물음에 에던은 저도 모르게 고개를 끄덕이다가, 깜짝 놀라서는 좌우로 흔들었다.

그 순간 레일라의 입가에 미소가 그려졌다.

새하얀, 아주 시리도록 서늘한 미소였다.

❖ ✣ ❖

새로운 별의 탄생에 관한 소문은 빠르게 대륙 전역으로 퍼져나갔다. 크게 어려울 건 없었다.

밤의 여왕!

그녀가 바로 붉은 달의 주인이기 때문이다. 대륙의 눈과 귀를 조율하는 일 정도는 오래토록 이어져 내려온 여왕의 권한이자 권능과도 같았다.

물론, 그렇다고 해서 쉽다는 건 아니었다. 암전을 비롯하여 각종 세력들이 소문을 어그러트리기 위해 움직이고 있는 까닭이었다.

그럼에도 불구하고 그들을 압도할 수 있는 건 간단했다. 그들보다 그녀가 한 발 빨랐기 때문이다.

선공의 이점을 최대한 활용하고 있는 것이다.

'뭐, 그게 아니더라도 얼마든 짓밟아 줄 수 있지만.'

레드문에 대한 자신감이었다.

'그나저나….'

에던이 드디어 밖으로 나섰다는 보고를 들었다.

'결국에는 동맹으로 끝인가.'

사실, 조금은 집요한 감이 있었던 아헬트의 제안에는 세릴의 의견도 일부 섞여있기도 했다.

용병왕이란 위치가 주는 위험을 알기에 행한 조치였다.

'고집은…쯧! 어쩔 수 없지.'

그의 뜻을 알기에 받아들이기도 했다. 문득, 에던이 아헬트에게 했다는 이야기가 떠올랐다.

[길드가 있기 전에도 왕은 존재했습니다.]

세 번째 왕이 탄생하며 길드도 자리를 잡았다.

[체계가 잡히기 전에도 왕은 존재했습니다.]

두 번째 왕은 그들에게 올바른 체계를 세워주었다.

[용병이라 정의내리기 전에도 왕은 존재했습니다.]

최초의 왕은 용병이란 단어를 심어주었다.

"왕의 자격이 있다면, 사람들은 따르기 마련이라… 큭!"

웃음이 나왔다.

"그래. 그래야 내 남자라고 할 수 있지!"

눈웃음이 절로 지어졌다. 하지만 오래지 않아 그 표정이 반전했다.

"뭐… 바람기가 문제긴 하지만."

에던이 밖으로 나왔다는 건, 결국 '그녀'와의 만남이 기다리고 있다는 의미이기도 했다.

'레일라 드라필만!'

사라져버린 미소 대신, 깊은 주름이 미간을 지키고 있었다.

❖ ✣ ❖

다행이라고 해야 할까?

'살았다!'

분신에게 가혹한 처벌은 일어나지 않았다. 그녀가 셰릴과는 다름을 확실히 알 수 있는 부분이었다.

또한 별도로 타박하거나 자극하는 일은 없었다.

그 때문일까?

기쁨은 짧았고 고난은 길었다.

'끄응….'

정신적인 압박감이 심각한 수준이었다.

'죽겠네!'

별로 특별한 행동을 취하지 않은 채, 아주 자연스럽게 그녀는 여정에 합류했다.

그리고 조용히 곁을 지킴으로써, 그 소리 없는 정적이 얼마나 불편하고 두려운 것인지를 깨닫게 만들어줬다.

수시로 이 숨 막히는 침묵을 걷어내고자 나름의 농담들을 던져보지만, 그럴 때면 날아드는 서늘한 시선과 분위기는 숨쉬기 운동을 연공법 수준으로 열중하게 만들었다.

'이러다 정말 걸으면서 하는 연공법 하나 만들겠네.'

스스로에게 농담이라도 던지는 게 그나마 할 수 있는 유일한 유희였다.

단지, 반전이라면 웃기지도 않고, 웃을 수도 없다는 게 치명적인 문제라면 문제일 것이다.

그 폐부가 쪼그라들 것 같은 시간을 며칠이나 보냈을까. 어느새 라살탄 왕국의 경계령까지 도달했을 즈음, 레일라가 그 텁텁한 침묵을 깨며, 처음으로 먼저 입을 열어 그에게 물음을 던져왔다.

"앞으로 어떻게 할 생각이야?"

실로 뜬금없는 시점에 튀어나온 질문이었던 까닭인지, 일순 당혹하여 내용을 받아들이고 이해하는 게 생각보다 많은 시간을 허비해야만 했다.

"음… 그러니까… 우선은 일을 해야겠지."

가까스로 답을 내어놓았지만 안타깝게도 그 내용이 또 황당해 이번에는 레일라가 내용을 이해하는 시간이 필요했다.

"일을… 한다고?"

"뭐, 당장 생각나는 건 그것밖에 없으니까."

어째서? 왜? 마땅한 질문이 떠오르질 않아서인지, 레일라의 표정은 그저 의문 의혹의 요소들로만 가득했다.

이를 읽어낸 에던이 고개를 끄덕였다. 그녀가 대부분의 사실들을 알고 있음을 눈치 챈 것이다.

사신과 초월자 그리고 용병왕의 등장, 거기에 따른 대륙의 반응까지, 대다수의 진실을 그녀는 지니고 있음을 알았다.

'하긴….'

정령사의 눈과 귀는 어지간한 정보요원들을 압도하는 수준에 있었다. 뿐만 아니라 마법 역시도 대마법사라 하기에 부족함이 없지 않던가.

그녀 홀로도 정보단체에 버금가는 능력을 보일 수 있는 것이다.

실제로 에벨린과 마르센 그리고 라카타루, 그들 삼국의 전쟁에서 그녀가 가문을 위해 맡은 역할도 그 같은 부분을 최대한 살릴 수 있는 영역이었다.

각종 첩보를 비롯하여 최전방의 정보전에 여러모로 큰 기여를 한 것이다.

그리고 이는 에벨린 왕국의 힘이 되었고, 동시에 드라필만 가문의 발언권으로 이어지는 결과로 이어졌으며, 종래에는 에벨린 왕국의 배신자들을 처단할 수 있을 만큼의 권한을 그들 드라필만의 손에 쥐여주기까지 했다.

전쟁이 끝난 지금, 루드말은 이를 최대한 이용하며 왕국 내의 불순분자들을 처단 혹은 통제하고 있는 중이었다.

레일라는 이 같은 경험을 살려, 버밀라닌 자작령 내에서도 나름의 정보 수집을 마무리했고, 그 덕분에 에던과 관련된 각종 이야기들을 모으고 분석까지 마무리하며, 결론까지 내린 상태였다.

오로지 그녀 혼자의 능력만으로 각 세력의 수장들이 생각할법한 진실에 도달한 것이다.

순수하게 정보 측면에서만 본다면, 그녀 홀로 초월자와 같은 일인군단의 위치에 있다고 해도 과언이 아니었다.

때문에 에던의 이 황당한 대답이 이해가 안 가는 것이기도 했다.

"지금 자신이 처한 상황을 모르는 건 아니겠지?"

그녀의 물음에 에던이 어깨를 으쓱였다.

"어쩔 수 없잖아."

왕국들은 용병왕을 원치 않는다. 대륙 전역에 퍼져있는 용병들이 힘을 모으면, 능히 일국을 무너트리기에도 부족함이 없기에, 그들은 경계하고 또 통제하기을 원했다.

용병길드 역시 마찬가지다. 그들이 만든 무대의 주역이 다른 인물에게 넘어가는 걸 원치 않을 것이다.

'암전이야 물을 것도 없지.'

그들은 당연히 그를 적대할 수밖에 없는 위치였다.

"용병, 용병왕이라…."

에던이 그 단어를 연신 입안에 굴리더니 레일라를 향해 물었다.

"왕이라는 게 되려면 어떻게 해야 할 것 같아?"

일순 레일라도 말문이 막히는 기분을 느껴야만 했다.

'…용병왕?'

에던이 별의 영역에 올랐다는 건 알려졌으나, 그렇다고 해서 당장 용병왕으로 불리는 건 아니었다.

그저 왕이 될 '자격'을 얻은 게 전부였다.

"생각해 봤는데, 길드가 생기기 전에도, 체계가 잡히기 전에도, 심지어는 용병이라 정의내리기 어려워서, 산적이나 도적으로 불리던 시절에도, 이 바닥에는 왕이 있었어."

때론 산적왕이라고 불리고, 간혹 해적왕이란 소리도 들었으며, 몇몇은 어둠의 왕이라는 표현도 아끼지 않았던 야인들의 절대자.

[최초의 왕!]

그 절대적인 능력 아래에, 하나의 통일된 세력이 생겨나는 것을 두려워했던, 다양한 국가와 단체들이 견제하며 각종 죄악들을 덕지덕지 붙여 넣던 무렵이 이야기였다.

하지만 결국 대륙은 인정해야만 했고, 그는 최초의 왕으로써 더 이상 산적이나 해적 또는 마적과 같은 범법자가 아닌, '용병' 이라는 명확한 정의를 그들에게 세우고, 그에 따른 자부심을 새겨주었다.

그가 그리고 그들이 어떻게 왕으로써 인정받고 나아갔는지, 그 부분에 대해서까지는 알 수 없었다. 전혀 모른다고 해도 틀리지 않았다.

"왕이니 뭐니 해도, 내가 아는 게 있어야 말이지."

그래서 내린 결론이라면 간단했다.

"그냥, 하던 대로 하려고."

"하던… 대로?"

의문 섞인 레일라의 음성에 에던이 고개를 끄덕였다.

"왕이라고 하지만, 결국 '용병' 이잖아?"

무의식중에 레일라의 고개가 끄덕여졌다.

"그러면 그냥, 용병답게 지내다 보면, 결국 어떻게든 되지 않겠어?"

"설마… 계획이 없다는 소리는 아니겠지?"

"뭐, 그렇게 생각해도 상관은 없고."

에던이 슬쩍 시선을 피하며 걸음을 빨리하는 게 보였다.

그런 그의 뒷모습을 바라보던 레일라의 눈가에 이채가 스쳐갔다.

'용병답게 지낸다?'

말로는 계획이 없다는 듯 이야기를 했지만, 꼭 그런 것만은 아니라는 예감이 들었다.

왕의 자리.

용병의 거리.

그 의미를 찬찬히 되새기던 레일라의 입가에 한 줄기 미소가 새겨졌다.

'…용병으로써 왕이 된다?'

왕의 길을 걷되, 그 보폭은 용병의 것이다?

'흥미롭겠어.'

여러모로 지켜볼만한 재미가 있을 것 같았다.

❖ ✣ ❖

시작은 중앙대륙의 버틀만 왕국에서부터였다. 어디서나 볼 수 있는 흔한 의뢰였다. 하지만 그 끝에서 사람들은 특별함이 함께했음을 알았다.

"사신이라고?"

"그가 3급 의뢰를?"

처음에는 헛소문으로 치부했다. 그러나 뒤이어 비슷한 소문들이 흘러나오면서, 대륙은 새로운 사건의 조짐에 펄떡이기 시작했다.

그가 스스로 사신임을 언급한 건 아니다. 하지만 사신의 특징이 드러남으로써, 함께하던 모든 이들이 한데 모아서 그 이름을 입에 담았을 뿐이었다.

[일검에 필살!]

[오로지 죽음만이 남으리라!]

단 한 번의 칼질이면 충분하다던 사신의 검과 핏물이 아닌 죽음을 흘리는 그 최후를 이야기하는 것으로써, 이 같은 그의 특징을 의미하는 상황들이 현장 곳곳에 남아있었다.

"사신이 3급 용병패를 가지고 다닌다는 말이 있었는데."

"신분 위장을 위한 게 아니었나?"

"그런데… 왜 하필? 3급 용병이지?"

사람들은 새로운 화젯거리 속에서 진실을 파헤치기 위하여, 또 다시 안주거리로 입안에 굴리기 시작했다.

그리고 이 같은 소란과 상황들로 인해, 자연히 골머리를 앓는 이들도 생겨날 수밖에 없었다.

"아직까지도 사신을 찾지 못했다라…."

브락셀은 컬컬한 그 음성과 내용에 담긴 불쾌감을 읽으며, 바닥에 닿은 이마가 꿰뚫고 들어가도록 거세가 비볐다.

"부… 부디 용서를…."

하지만 음성의 주인은 그에 반응하기 보다는 여전한 혼잣말을 읊조리고만 있을 뿐이었다.

"버틀만 왕국에서 의뢰 3건, 헤롤 왕국 의뢰 2건, 키아셀 공국 의뢰 2건… 재밌군."

내용과 달리 한층 건조해진 음성에서 브락셀은 입 안이 바싹 마르는 기분을 느껴야만 했다. 한창 사신과 관련된 의뢰 내용들을 읽어나가던 음성의 주인이 가벼운 실소와 함께 브락셀을 향해 물었다.

"아무래도 루딘 놈들이 우리가 생각하는 것보다 많은 걸 알고 있는 것 같은데, 네 생각은 어떠냐?"

"그… 그럴 리가 있겠습니까. 그저… 그저… 우연일 것입니다."

"클… 우연이라…."

음성의 주인은 여전한 실소를 흘렸지만, 새어나오는 한기는 결코 그가 웃지 않고 있음을 짐작케 해 줬다. 오랜 세월 상대를 겪어온 경험으로 인해, 브락셀은 굳이 이를 확인하지 않더라도 충분히 알 수 있었다.

"우연히 버틀만과 헤롤 그리고 키아셀에 모습을 드러냈다라… 그저 내 착각이라 말하고 싶은 거냐?"

재차 이어진 물음에 브락셀의 두 눈이 질끈 감겼다. 바닥에 닿은 시야로 인해 상대의 얼굴을 확인할 수는 없었지만, 충분히 그 눈빛과 표정 그리고 감정을 짐작할 수 있었다.

마땅한 답을 찾지 못한 채, 그저 부르르 몸만 떨고 있는 그의 모습에 다시금 컬컬한 음성이 흘러나왔다.

"브락셀 티모르! 이전에도 말한 적이 있지만, 너는 실패하지 않았다. 하지만 최근 보여주는 행동이나 태도들이 여러 차례 실망을 안겨주는구나."

분명, 그의 말처럼 실패한 적은 없었다. 망자들의 연구는 충분히 성과를 보였다.

문제가 있다면 천적의 등장을 예상하지 못했다는 것뿐이었다.

게다가 사신의 제거 역시도 마찬가지였다. 설마, 그가 별빛을 품은 초월자일 것이라고는 그 누구도 짐작하지 못한 부분이었다.

때문에 이 문제를 가지고 그를 질책하는 이들은 없었다. 하지만 그럼에도 불구하고 스스로를 낮추고 눈치를 보게 되는 이유라면 간단했다.

그가 '약자' 인 까닭이었다.

실패가 아닌 실수라 할지라도, 충분히 생명의 위협을 느낄 정도로 그는 약자일 뿐이었다.

암전? 원로회? 결국에는 그 모든 것들이 한낱 말장난일 뿐임을 알았다.

절대적 강자는 그 같은 이들이 아니라, 오히려 그가 머리를 조아려야 하는 이 머리맡의 사내, 그 같은 존재 '들' 을 의미하는 것이었다.

"부디, 용서를…."

쿵. 쿵. 쿵…

연신 바닥을 내리찧는 그의 이마위로 시뻘건 핏물이 새나오기 시작했다.

"브락셀 티모르. 앞서도 말한 적이 있지만, 나는 널 매우 아낀다. 하지만…벌써 한 해가 다 가는데도, 여전히 그 사신이라고 불리는 망아지 같은 놈은 흔적도 찾을 수 없고,

우리의 새로운 병력은 냄새나는 연구실에서 썩어만 가고 있지. 인내력을 실험하는 게 아니라면, 최소한의 성과라도 보이는 게 좋을 거야."

그 순간 한 줄기 안도감이 등허리를 타고 올랐다. 여전히 기회가 남아있음을 알았기 때문이다.

하지만 또 다시 원하는 성과를 내지 못한다면, 그가 쌓아 놓은 실수가 실패라는 이름으로 변질되어, 그의 목줄을 움켜쥘 터였다.

"브락셀 티모르. 부디, 더 이상 나를 실망시키는 일이 없기를 바라지."

그 말을 끝으로 머리맡에서 전해지던 인기척이 사라지는 걸 느꼈다. 감각을 의심하는 건 아니었지만, 브락셀이 그 피범벅이 된 머리를 든 건, 그로부터도 한참이 더 지난 이후였다.

❖ ✣ ❖

새해가 밝았다.

다시 그를 놓치지 않겠다는 생각으로, 어느새 두 개의 계절을 동행했고, 무려 15건의 의뢰를 함께 수행했다.

그 와중에 뜻밖의 상황에 직면하고, 사신의 검을 드러냈던 경험만 무려 9건이나 됐다.

겨우, 일개 하급 의뢰에 초월자의 검이 뽑혀져 나온 것이다.

이쯤 되면 모르려야 모를 수가 없었다.

"암전과 관련된 일들이지?"

레일라의 갑작스런 물음에, 지그시 새해 첫 태양을 감상하던 에던의 시선이 그녀에게로 돌아갔다.

무슨 뜻인지 모르겠다는 표정으로 바라보고 있으나, 그 눈가에 비친 한 줄기 웃음기에 레일라는 답을 짐작했다.

하지만 별도의 답을 내어놓지는 않았다. 그저 여전한 얼굴과 눈빛으로 바라보기만 할 뿐이었다.

고개를 절레절레 흔든 레일라가 저 멀리 새해 첫 햇살을 향해 시선을 돌렸다.

그 모습에 가볍게 미소 짓던 에던의 머릿속으로 환청마냥 아헬트의 음성이 스쳐갔다.

[암전의 뒤에는 왕국 '들' 이 있다네.]

긴 세월 루딘이 피로써 얻어낸 중요한 정보였다.

'그런 소리는 일을 벌이기 전에 말해 줄 것이지….'

새해 첫 햇살을 맞이하는 그의 머릿속으로 언젠가 내뱉었던 그의 각오가 떠올랐다.

[쫄려도 질러야 할 때가 있는 겁니다.]

빼도 박도 못하는 상황 속에서, 착실히 지르고 또 지르는 것, 지금의 그가 할 수 있는 전부였다.

'쫄리면 짜질걸….'

눈시울이 붉어지는 건, 새해 첫 햇살은 생각보다 따갑기 때문이리라.

8. 심판자!

8. 심판자!

정확히 얼마만큼의 세력이 가담하고 있는지 알 수는 없었다.

[하지만… 상상도 못 할 정도로 거대한 규모라는 건 알 수 있지!]

아헬트에게 들었던 암전의 비밀을 떠올리고 있노라면, 저도 모르게 몸서리가 쳐지는 건 어쩔 수가 없었다.

버틀만 왕국과 헤롤 왕국 그리고 키아셀 공국!

지난 한 해 동안 그들과 연관된 왕국들을 돌아봤다. 그나마도 전부가 아니었고, 가장 가까이에 위치한 장소들부터 차례대로 방문한 정도였다.

물론, 루딘의 정보에 도움을 얻어, 암전과 관련된 의뢰들을 받았고, 이를 해결하면서 작게나마 암전에 타격을 준 일도 있기는 했다.

하지만 의뢰의 낮은 급수만큼 부정확한 정보의 수준까지 더해져, 개중 절반가량만이 암전과 관련되어 있을 뿐이었다.

어찌 되었건 중요한 건, 루딘의 정보력을 통해 암전과 마찰을 거듭했다는 점이고, 거기에 더해 꾸준히 그의 존재감을 저들에게 알리고 있다는 부분이었다.

그 때문일까?

[사신, 운트!]

은연중에 퍼져가는 그의 존재감이, 어느새 목청 높은 소문만큼, 점차적으로 그 영향력을 더해가는 중이었다.

'덕분에 제대로 똥줄이 타는 거지.'

용병왕의 출현을 반대하는 모든 세력들로 하여금 한층 더 그를 경계하게 만들기에 충분한 상황이었다.

이런저런 이유들로 인해, 자연히 떨떠름한 얼굴이 된 에던이 나직한 한숨과 함께 새로운 의뢰서들을 내려다봤다.

새로이 발을 들인 레브세첼 왕국과 관련된 의뢰서들로써, 루딘에서 그에게 건네준 암전관련 의뢰들이었다.

그 한편으로는 새로운 용병패도 함께하고 있었는데, 이는 레드문에서 준비해 준 그의 새 신분이었다.

[에던 칼립!]

앞서 여러 왕국들을 거치면서도 매번 새로운 신분으로

활동했었고, 그 당시에도 항시 '에던' 이라는 이름이 그와 함께했다.

사신과의 공통점 하나를 꾸준히 지켜나가는 것, 그게 활동 중에도 그의 존재감을 확실히 부각시키는 효과가 있는 셰릴의 주장으로 인해, 그 이름을 계속해서 사용하고 있는 중이었다.

과거처럼 온 힘을 다해 스스로를 감춰야 하는 상황이 아닌 만큼, 굳이 전혀 다른 이름으로 활동할 이유도 없기에, 그녀가 주는 용병패를 사용하는데 주저하지 않았다.

'뭐, 공짜기도 하고….'

평생의 습관이라고 해야 할까?

더 이상 자금사정이 빈곤하지는 않았지만, 그럼에도 불구하고 주머니를 살피게 되는 건 어쩔 수가 없었다. 이제는 그야말로 '본능' 의 일부라고 해도 과언이 아니었다.

어깨를 으쓱인 에던이 루딘에서 전해온 의뢰서 목록 속에서 하나를 꺼내들었다.

'레이던 상단의 호위임무라.'

여느 때와 다를 것 없는 3급 의뢰였지만, 루딘에서 전한 의뢰인만큼 결코 평범한 의뢰는 아닐 것으로 여겨졌다.

'확률이야 반반이겠지만.'

상단이라고는 하나 의뢰 등급으로 그 규모는 충분히 짐작 가능했다. 급수가 낮은 만큼, 암전의 활동 영역도 방대했고, 정확도가 떨어지는 건 어쩔 수 없는 수순이었다.

의뢰서를 따로 빼낸 에던이 이번에는 이와 관련해서 얻은 레드문의 정보자료를 찬찬히 분류해갔다.

지난 한 해 동안 루딘을 통해 암전의 의뢰들에 이리저리 끼어들었다.

그 와중에 레드문의 정보력에 도움을 얻는 경우도 많았는데, 거기에서 나름의 도움을 얻은 것일까?

어느새 레드문은 암전에 관련하여 한층 높은 수준의 정보력을 갖춰나가고 있었다.

루딘 그리고 레드문!

그 같은 강하고 거대한 두 세력이 내어준 정보를 바탕으로, 에던은 새로운 의뢰와 관련된 내용들을 찬찬히 머릿속에 새겨 넣기 시작했다.

❖ ✣ ❖

레이던 상단!

작은 규모의 상단이지만, 그 역사는 무려 일백여년에 가까운 시간을 자랑하고 있었다.

전체적인 덩치는 변함이 없지만, 꾸준히 오랜 시간 스스로의 자리를 지켜온 역사 그리고 자부심이 있는 상단이었다.

곡물을 비롯하여, 각종 잡화 그리고 때론 전쟁물품들도 그들의 거래목록에 들어있었는데, 이번 의뢰는 그들의 주력 상품이라 할 수 있는 곡물운송의 호위였다.

중소규모의 상단인 까닭일까?

대개가 그렇듯, 잦은 사건사고가 그들과 함께했는데, 그럼에도 불구하고 여전히 그 역사를 유지하는 건, 그 사건과 사고 속에서도 의뢰 및 거래의 수행도가 높기 때문이었다.

이번에도 마찬가지였다.

“그간 고생들 했네.”

무사히 완료된 의뢰와 더불어, 상단 측 책임자의 격려가 이어지고, 거기에 더해 의뢰비가 착실히 지불되는 모습이 보였다.

산적과의 마찰이라는 작은 사고정도는 있었지만, 레이던 상단은 언제나 그러하듯 용병을 고용하고 호위를 단단히 했고, 덕분에 무사히 목적지에 도착할 수 있었다.

임무완료에 따른 의뢰비를 유심히 지켜보던 레일라가 곁을 돌아보며 질문을 던졌다.

“결국, 이번에는 아무 일도 없었네.”

그녀의 물음에 마찬가지로 의뢰비를 확인하던 에던이 어깨를 으쓱이며 답했다.

“끝날 때 까지는 끝난 게 아니라지만, 요즘은 꺼진 불도 다시보라는 격언을 자꾸 생각하게 되더라.”

레일라의 눈이 반짝였고, 에던의 표정이 구겨졌다.

나름 그녀를 골려보려는 생각으로 돌려서 꺼낸 이야기건만, 그 표정과 눈빛에서 단박에 속 내용을 간파 당했음을 알아버렸다. 주름이 새겨지는 건 자연스런 수순이었다.

'이래서 마법사들이란….'

골려먹기도 쉽지가 않은 것이다. 이런 그의 표정을 아는지 모르는지, 레일라가 재차 물어왔다.

"아무래도 레드문은 암전과 관계가 있다고 본 모양이네?"

제법 오랜 시간을 같이하며, 함께 의뢰를 수행해온 덕분일까? 그녀는 루딘 그리고 레드문과 관련된 부분 역시도 이미 알고 있었다.

물론, 그렇다고 해서 에던이 스스로 그들 두 세력과 관련된 비밀들을 밝힌 건 아니었다. 하나부터 열까지 전부 그녀가 직접 알아낸 정보들이었다.

드라필만의 정보력이 아니더라도, 정령술은 그녀로 하여금 정보 '단체' 급의 눈과 귀를 부여했고, 마법사로써의 분석력은 이를 토대로 명확한 정보를 완성시킬 수 있게 만들어줬다.

"뭐… 그렇지. 아무래도 우리와 관련된 사건들 때문인지, 최근 들어 암전의 움직임이 반 박자 정도는 늦어지는 모양이야."

의도적으로 느리게 움직이는 것이다. 이런 에던의 답변에 레일라가 다시금 물었다.

"확신하는 이유는?"

"레드문에서 감시하고 있는 암전의 그림자들과 관련된 내용들을 토대로 셰릴… 그들이 분석한 결론이야."

일순, 에던이 표정을 굳히며 이야기를 바삐 마무리 지었다.

셰릴을 언급하는 순간 레일라의 눈가에 한기가 이는 걸 본 까닭이었다.

표정을 비롯한 외형적인 부분에서는 크게 변화가 없었지만, 그것이 특유의 무표정으로 인한 일종의 위장현상임을 알고 있었다.

에던은 그간의 여정을 통해 은연중에 드러나는 그녀의 감정표현이 생각이상으로 다양하다는 걸 알게 되었고, 그 때문에 조용히 혓바닥을 깨물며 스스로의 실수를 징벌할 뿐이었다.

문득, 지난 가을의 악몽이 떠올랐다.

오랜만에 그녀와의 잠자리가 있던 계절이었고, 원치 않던 아픔이 깊었던 시절이었다.

이를 상기하고 나자 저절로 혀를 짓씹는 강도가 상급으로 올라갔다.

셰릴이 불이라면 그녀는 얼음이다.

'한 명은 쥐어뜯고, 한 명은 꺾어대니… 썩을!'

눈물이 절로 흐르는 경험이었고, 처벌이었다.

본의 아니게 흘러나온 이름이 분위기를 급속도로 냉각시켰지만, 다행스럽게도 레일라는 일단은 그 시린 한기를 삼켜줄 모양이었다.

"그동안 벌인 일들이 효과를 보는 모양이네."

차분하니 흘러나오는 레일라의 이야기에 에던은 마른침을 꼴깍 삼켰다.

'지금은 삼켜도 언젠가는 토해내겠지….'

눈시울이 붉어지려 했지만, 당장 지금은 무사하다는 점에 안도하며, 그 역시도 침착하게 입을 열었다.

"일단… 레이던은 그저 그런 소규모 상단이 아니라는 점이고, 저들은 생각보다 깨끗한 상단이 아니야."

알려지기로는 레이던은 언제나 깨끗한 거래만을 중시하며, 수시로 인근의 빈민가에 식량도 베푸는 등, 선행을 아끼지 않는 상단으로 알려져 있었다.

하지만 레드문에서 가져온 정보에는 그들의 거래품목 중에는 불법적인 물품들이 종종 보인다고 적혀있었고, 대외적으로 알려진 규모 외에도 숨겨진 덩치가 제법 크다는 내용도 함께 쓰여 있었으며, 선행이 이뤄지는 빈민가 대부분이 그들의 숨겨진 몸집 속에 포함된다고 전해왔다.

"그렇지만 레이던 상단은 암전과는 관련 없어."

레일라의 이야기에 에던도 고개를 끄덕였다. 짧은 여정이었지만, 의뢰를 해결하며 지켜본 결과, 그들에게서는 암전의 그림자가 비치질 않았다.

어디서나 흔히 볼 수 있는 적당히 비리를 저질러가는 제법 그럴싸한 수준의 상단일 뿐이었다.

그렇다면 과연 어디에서 암전의 흔적을 찾아내야 하는 것일까?

답은 간단했다.

"출발지에도 여정 중에도 없으면, 목적지에 있다는 뜻이겠지."

그녀의 이야기에 에던이 쓰게 웃으며 어깨를 으쓱였다. 그가 말할 내용을 전부 가로채였기에 나오는 반응이었다.

"렉턴 남작인가?"

그녀가 언급한 이는 레이던 상단의 거래 대상이었다.

"확신할 수는 없지."

에던의 이야기에 고개를 끄덕인 레일라가 재차 입을 열었다.

"이전이었다면 의뢰 도중에 물건을 빼냈을 텐데. 지금은 의뢰 끝에서 손을 쓰려는 건가."

또 다시 정답이었고, 에던은 그저 입맛만 다실뿐이었다.

"레이던이 불법거래에도 한 발 담그고 있다면, 거래 물품 중에 암전이 노릴만한 게 있다는 뜻인데…."

그녀의 이야기를 가만히 듣고 있던, 에던이 조심스레 물었다.

"뭐, 알아낸 건 있어?"

나름 용병으로써 의뢰에 충실했다고는 하나, 그 와중에도 암전에 대한 경계를 소홀히 하지 않았다.

외부적인 부분 외에도 내부적인 경계도 중요했다.

이를 위한 최선은 의뢰 물품을 수색하고, 거기서 나온 정보를 토대로 대처를 하는 것인데, 상단 측에 들키지 않게 확인하기 위한 방법으로써, 종종 그녀의 정령술을 활용하고는 했다.

"앞전에 말한 그대로야."

레일라의 이야기에 에던이 눈살을 찌푸렸다. 이미 여정 도중에 물품들을 확인했고, 그 안에는 별달리 특별한 게 없다는 결론을 내린 까닭이었다.

마차에는 각종 곡물들이 종류별로 쌓여있었고, 그녀의 정령들은 거기에서 별달리 특별한 걸 찾아내지 못했다.

'루딘과 레드문이 틀린 건가?'

허탕이라는 생각이 들 무렵, 레일라가 문득 검지를 세웠다.

"한 가지…."

에던이 기대감 어린 얼굴로 그녀를 바라봤다.

"마차 안을 살필 때, 정령들의 기분이 평소보다 좋아보였던 것 같아."

"정령들의 기분?"

"그래. 기분!"

곡물을 비롯한 자연에 닿아있는 식품들의 향기는 정령들을 흥겹게 만들고는 한다. 그 때문에 이를 크게 이상하게 여기지는 않았었다.

하지만 레드문에서 제법 높은 확률로 이번 의뢰에 의심을 지니고 있다는 게, 그녀로 하여금 작은 부분까지도 다시 생각하게 만들었다.

"아이들의 웃음소리가 유난히 좋았어."

그 이유가 왠지 걸렸다.

"좀 더… 특별한 게 있는 것 같은데…."

무언가가 희미하니 떠오르려 했다.

"…프릿?"

그리고 나직하니 튀어나온 단어 하나가 그녀의 눈을 동그랗게 만들었다.

"프릿이라고?"

에던의 이어진 물음에 레일라가 고개를 끄덕였다. 다양한 경험 속에서 이리저리 주워들은 지식 덕분일까? 에던은 단번에 그 정체를 입에 담았다.

"설마, 요정가루를 말하는 거야?"

"엘프차라고도 하지."

같은 무게의 금덩이 수준이 아니라, 미스릴 수준만큼 비싸다는 식품이었다.

이종족들이 전설처럼 여겨지는 시대가 되다 보니, 더더욱 그 값어치가 높아지는 것이다.

"확실히… 엘프차를 마실 때마다 아이들이 웃었던 것 같은데…."

그 말에 에던이 마른침을 꼴깍 삼켰다. 그 비싸다는 프릿을 너무도 태연하게 입에 담는 부분에서, 새삼 그녀가 명문검가 드라필만의 식솔이라는 걸 상기한 까닭이었다.

'금덩이라 아니라 미스릴덩이로 입가심이라….'

돈 앞에 작아지는 건, 이제는 그저 본능일 뿐이었다.

"엘프차라…정말 요정가루라면, 왜 프릿이지?"

그녀의 혼잣말에 에던이 조용히 숨을 죽였다. 대마법사급 천재의 생각을 방해하지 않기 위한 행동이었다.

"프릿이 국가에서 관리하는 품목이니, 확실히 불법이기는 한데…."

곡물 사이사이 숨겨져 있을 프릿의 양을 떠올려봤다. 순수하게 정령들의 웃음소리와 반응을 되새기며 추측해야 하는 까닭에, 정확도는 그 어느 때보다 떨어질 수밖에 없었다.

'생각보다 많아!'

차를 우리며 가볍게 즐길 수 있는 수준이 아니라는 건 확실 것 같았다.

'어째서?'

암전과의 연관성을 떠올리고, 그들의 불법적인 활동 속에서 프릿과 관계된 무언가를 찾아내고자, 그녀가 아는 모든 정보들을 하나하나 짚어나갔다.

그 와중에 불현 듯 스쳐가는 단어 하나가 있었다.

'엘프?'

어쩌면 프릿이라는 의미 자체에 그 답이 있는 건 아닐까?

프릿!

인간들의 세상에서는 요정가루나 엘프차 정도로만 알려져 있지만, 실제 저들 이종족들 사이에서는 전혀 다른 의미로써 사용된다.

'식량….'

그것도 무려 엘프들의 주식이었다. 차를 우릴 때 사용되는 한 줌의 양이면, 그들 엘프들에게는 일주일치의 식사량과 같았다.

놀랍도록 아름다운 외모와 함께, 이슬만 먹고 산다는 이야기가 나오는 건, 이 같은 독특한 식사방식과 양에 있을지도 몰랐다.

물론, 그렇다고 해서 그들이 다른 음식들을 먹지 않는 건 아니었다. 하지만 프릿이 아닌 인간들의 식사를 하게 된다면, 그 양이 보통 사람들과 비슷한 수준으로 늘어나고는 했다.

그렇다면 반대로 사람이 프릿으로 일주일을 버틸 수 있느냐고 묻는다면, 그건 또 불가능했다.

요정족의 일원으로 알려진 엘프들이기에, 요정가루인 프릿을 통해 그 같은 기간을 살아갈 수 있는 것이었다.

'대량의 프릿이라….'

문득, 떠오르는 게 있었다.

'건강에 문제가 있는 엘프들에게 프릿이 효능이 좋다고 했던 것 같은데.'

소량으로는 끼니를 해결할 수 있고, 대량으로는 건강을 챙긴다 하는데, 이처럼 요정가루에 영향을 많이 받는 부분 때문에 그들이 요정족으로 알려진 것이기도 했다.

'설마….'

한 가닥 의심이 솟구쳤다.

"떠오르는 거라도 있어?"

에던이 슬쩍 질문을 던져왔고, 이에 고개를 끄덕인 레일라가 생각한 바를 하나 둘 털어놓았다.

'엘프?'

예상치도 못했던 내용에 에던의 눈가에 의문이 가득 차올랐다.

'이곳에 엘프가 있을지도 모른다고?'

왜?

어째서?

하지만 이 부분에 대해서는 레일라 역시도 마땅한 답을 내어놓기가 어려운 까닭에, 지금 당장은 무어라 정의를 내리기가 힘들 듯싶었다.

"일단은… 기다려야겠네."

그 말과 함께 에던이 창고를 바라봤다. 레이던 상단이 대여한 창고로써, 일단 그들이 용병으로써 맡은 임무는 저 안에 물건들을 넣어놓는 것으로 마무리가 되었다고 할 수 있었다.

암전의 반 박자 늦은 움직임은 아마도 지금부터 시작될 터였다.

의뢰비를 받고 용병들이 물러가고, 레이던의 호위들만이 남는 순간, 암전이 움직일 거라 여겼다.

'허탕이 아니라면….'

에던은 그 생각과 함께 레일라를 이끌고 그곳을 벗어났다. 암전을 기다린다고는 하지만, 그렇다고 해서 구석에 숨어 탁한 공기를 마시며, 그득한 먼지 속에서 뒹굴 생각은 없었다.

느긋하니 숙소를 잡고 식사를 하며 여정에 식은 몸을 노곤하니 풀며 기다릴 생각이었다.

어려울 것 없었다.

정령!

그들에게는 최고의 요원들이 함께하는 까닭이었다.

"일단, 배 좀 채우자."

여정으로 인해서인지, 우선은 제대로 된 식사가 1순위였다. 에던의 말에 동의하는 듯, 레일라도 고개를 끄덕였고, 두 사람의 걸음은 그 즉시 가까운 식당으로 향했다.

❖ ✣ ❖

예상했던 상황이라고 해야 할까?

루딘과 레드문이 전해줬던 정보 그대로, 암전은 결국 모습을 드러냈다.

오랜 여정으로 굶주린 배를 채우고, 방을 잡아 새단장을 하는 사이, 창고로 몰려든 은밀한 그림자들이 있었다.

재미있는 건, 그 주변을 지키던 레이던의 호위단 중, 누구 하나도 그림자들의 침입을 알아채지 못했다는 점이었다.

거기에 더해 신기한 일이라면, 그림자들이 창고를 방문했다 돌아갔을 때, 창고 안의 곡물들은 그 양적인 변화가 전혀 없다는 점이었다.

숨겨서 들여온 프릿의 양만큼 곡물들로 채워놓은 것이다. 저 정도로 조심스럽고 섬세한 대처를 한다는 건, 레이던 상단과 암전의 관계가 없단 생각에 더욱 확신을 지니게 만들어줬다.

만약, 아는 사이였고, 그들과의 합작으로 프릿이 옮겨진 것이라면, 저처럼 굳이 곡물의 분량을 맞출 필요가 없기 때문이었다.

남은 건 렉턴 남작에 대한 예상도 맞는지 확인하는 것이었다.

정령술 덕분에 놓치지 않고 목표물을 쫓을 수 있었고, 덕분에 에던과 레일라는 느긋하니 새단장을 마친 뒤 숙소를 나오는 게 가능했다.

"어떻게 됐어?"

말끔하게 몸을 씻고, 새 옷으로 기분을 낸 에던이 레일라를 향해서 물었다.

"렉턴 남작가로 향했네."

프릿과 그림자들의 경로를 말하는 것이었다. 그 대답에 에던이 고개를 끄덕였다. 그거면 충분했기 때문이다.

"뭐가 어떻게 돌아가는지, 직접 눈으로 확인을 해 보자고."

에던이 그 말과 함께 성큼 걸음을 옮겼고, 레일라가 짧게 물었다.

"어딘지는 알고?"

"……."

조용히 걸음을 물린 에던이 레일라의 뒤에 자리를 잡았고, 이내 정령의 인도 아래 레일라가 앞장을 섰다.

❖ ✣ ❖

암전에는 그들의 발전을 위한 다양한 연구실이 대륙 곳곳에 설치되어 있었다.

렉턴 남작가 역시도 그런 장소들 중 한곳이었다.

'어설픈 귀족가 만큼 숨기 좋은 장소가 없지.'

이곳 연구실의 실질적인 책임자라 할 수 있는 '레브렉 벨툼' 은 새삼스런 얼굴로 남작가를 돌아봤다.

'이곳과도 슬슬 작별인가.'

원치 않는 연구의 실패 혹은 실수로 인해, 렉턴 남작가와 관련된 연구실을 잠정적 폐쇄하기로 결정되었고, 그로 인해서 연구실의 요원들은 일제히 다른 연구를 위한 시설로 이동하기로 이야기가 된 상황이었다.

'성과라도 나왔더라면….'

이처럼 급히 연구실을 닫는 일은 없었을 것이지만, 안타깝게도 마땅한 성과가 나오지도 않았고, 거기에 더해 원치 않던 연구의 실패 혹은 실수가 그들 연구에도 적잖은 타격을 입히면서, 결국 발을 빼야만 하는 상황에 이르러버린 것이다.

입맛이 썼으나 어쩔 수 없는 일이었다.

'렉턴 남작….'

그와는 나름 괜찮은 친분을 유지하고 있었다.

"멍청해서 부려먹기에 딱 좋았는데…쯧!"

이곳이 아쉬운 이유 중 하나였다. 다른 영지에서도 지금과 같은 호사를 누릴 수 있을지가 의문이었기 때문이다.

'사신, 운트!'

이 모든 일들이 그로 인해서 발생했다는 걸 떠올리니, 새삼 머리가 뜨거워지는 기분이 들었다. 그가 어쩌면 이곳 레브세첼 왕국 방향으로 올지도 모른다는 소식도 들었다.

확실한 건 아니었지만, 일단 조심하자는 의미에서 폐쇄 조치를 서두르고 있는 중이었다.

'후우우우….'

애써 화를 억누르고 삼키며 옷매무새를 점검했다.

[남작가의 집사!]

아직까지는 이곳에서 맡고 있는 역할에 충실해야 하는 까닭이있다.

❖ ✣ ❖

별 볼일 없다.

이러한 단어가 더없이 어울리는 건물, 그게 바로 렉턴 남작가의 저택이었다.

과연, 여기가 한 영지를 책임지는 귀족가의 터전이 맞나 싶을 정도로 빈곤해 보인다고나 할까?

초라할 정도는 아니지만, 자그마하게 성의 형상이라도 갖춘 여타의 영지에 비교해 본다면, 여러모로 부족함이 많아 보이는 건 사실이었다.

"제대로 온 것 맞아?"

때문에 이처럼 의문을 표해야만 할 정도였다. 물론, 정령이 안내한 곳이니 만큼, 의심의 여지는 없을 것이었다.

게다가 저택 곳곳에 배치되어 있는 병사들 역시도 그 같은 의문을 해소해주는 요소였다.

레드문에서 전해준 정보를 다시금 상기해봤다.

비록 권위의식을 지니고 있지만, 과하지 않아 영지민에게 베풀 줄 알고, 맡은바 위치로 인해 사치에 물드는 일이 없다는 식의 이야기들이 적혀있었다.

'그럭저럭… 괜찮은 영주?'

대략 그렇게 일축할 수 있는 내용이었다.

암전과의 관계를 짐작하여 정보를 분석하니, 그 모든 부분에 대해 일단 의심을 먼저 하고 봤었다.

하지만 막상 이렇게 눈으로 확인하자, 어쩌면 레드문이 전해준 정보들이 크게 틀리지 않을지도 모른다는 생각이 먼저 들었다.

'그렇지만….'

암전의 움직임이 또 한 번 눈을 가리려 들었다. 프릿과 암전의 그림자들의 등장이, 시야에 보이는 게 전부가 아닐지도 모른다는 의혹을 눈꺼풀 위로 덧씌웠다.

문득, 레일라의 뒤를 따르던 에던은 걸음 방향이 조금씩 이상해지는 것을 알았다.

남작가의 중심지에서 멀어지고 있던 것이다.

'외곽? 마구간?'

갑작스런 이방인의 출현에 말들이 경계를 하는 모습이 보였지만, 크게 투레질을 한다거나 발광을 일으키지는 않았다.

레일라가 흘려보내는 정령력의 향이 말들을 빠르게 진정시키고 있는 까닭이었다.

하지만 달래야 할 게 동물들만이 아니었던 모양이었다.

파파파팟…

마구간 한구석의 그늘로부터 서늘한 예기가 뻗어 나오는 게 보였다.

그 순간 에던이 움직였다.

서걱…

절삭음은 한번이었지만, 날아들던 모든 암기들이 갈라져 바닥으로 떨어져 내리고 있었다.

"뭐, 어쨌든 제대로 오긴 했나보네."

에던이 그 말과 함께 레일라의 앞으로 나섰고, 그와 동시에 그늘진 곳으로부터 하나 둘 그림자가 일렁이며 솟구쳤다.

'암전!'

한 눈에 그들이 암전의 그림자라는 걸 알아본 에던이 자세를 잡는 찰나, 거짓말처럼 그들의 신형이 뒤로 빠져나갔다.

"…으잉?"

눈을 동그랗게 뜨는 사이, 이미 그들은 시야에서 사라졌고, 마구간에는 그와 레일라 단 둘만이 남아있었다.

푸르륵…

자신들도 있다는 듯, 말들의 짧은 투레질 소리만이 적막을 흔들 뿐이었다.

푸륵…

❖ ✣ ❖

남작가에서 발을 뺄 생각이라지만, 아직까지는 맡은 바 역할에 충실해야 할 때이기에, 일정만큼은 언제나와 다를 것 없이 수행하고자 했다.

하지만 뜻밖의 소식이 모든 상황을 헝클어트려 버렸다.

"사신이라고?"

그림자의 이야기가 레브렉을 당혹스럽게 만들었다. 정확히는 사신일지도 모른다는 내용이었지만, 원로회에서 전해온 정보로 인해, 최악의 상황까지도 가정할 수밖에 없었다.

연구실을 지키는 요원들이니 만큼, 암전의 정예라고 해도 부족함이 없는 이들이었다.

그런 이들이 일제히 내린 판단이었다.

'최소한 고위기사 급….'

비록 찰나의 순간에 단 한 번의 칼질만 봤을 뿐이었으나, 그것만으로도 그들을 전율하게 만들기에는 충분했다.

게다가 폐쇄준비가 한창인 이 시기에 암전의 연구실을 급습했다는 부분에서, 일단 사신에 대한 의심을 하게 만들었다.

"으음…."

나직한 신음성과 함께 레브렉이 턱을 쓸었다. 상대의 정체를 확인해야 할지 아니면 그냥 이대로 발을 빼야 할지, 고민과 갈등이 거듭됐다.

그러다가 이내 상부의 지침을 떠올렸다.

[사건 사고는 최대한 피하도록!]

어쩔 수 없음을 깨달았다.

'쯧!'

연구실을 폐쇄하기 전에, 마지막으로 한 번만 더 실험을 하고자 '프릿' 을 잔뜩 들여오기까지 했기에, 더더욱 아쉬움이 남았다.

"정리한다!"

그 말에 그림자가 걱정스레 물었다.

"실험체들이 아직 살아있는데, 괜찮겠습니까?"

레브렉이 어깨를 으쓱이며 답했다.

"살아도 산 게 아니고, 결국 뒈질 것들이다. 쓸데없이 이목을 끌 필요는 없겠지."

다행이라면 준비한 프릿의 대부분이 그림자들의 품에 있다는 점이었다.

'남은 양으로는 실험체들을 살리기는 힘들 테니.'

게다가 준비한 양이 전부 모여 있더라도, 그저 잠시나마 숨결을 더 연장시키는 정도가 끝일 터였다.

이미 연구실 안쪽의 대부분의 물품들은 비워져 있는 상황이었고, 그림자들이 따로 신호를 보낸 덕분에 다른 인원들도 비밀통로로 발을 빼고 있을 것이다.

'아무래도 바로 움직여야겠군.'

남작가의 집사 역할은 이 순간 끝이었다.

그간 쌓아온 연구성과의 확인과 마지막 실험의 연장은 다음으로 미뤄두며, 레브렉과 그림자들은 바삐 렉턴 남작가를 벗어났다.

❖ ✣ ❖

그림자들의 등장 덕분일까?

마구간에 암전과 관련된 시설이 있다는 걸 확신할 수 있었고, 레일라는 이를 증명하기 위해 철저히 마구간을 조사하기 시작했다.

마법적인 능력뿐이었다면 찾기가 어려웠을지도 모르겠으나, 그녀에게는 정령술이라는 특별한 힘이 함께하고 있었다.

그 대자연의 일원들은 마구간 곳곳을 흐르는 이질적인 흐름들을 찾아냈고, 레일라는 그 안에서 마법적인 규칙을 읽어낼 수 있었다.

천부적인 두뇌와 정령으로 일깨워진 감각은 그 안에서 길을 잡았고, 마법적인 흐름을 정확히 꿰뚫으며 숨겨진 문을 열어주었다.

그그그긍…

마구간 한편의 바닥에 진동이 일어나는가 싶더니, 지하로 향하는 통로가 드러났다.

"휘유… 던전에 들어가는 기분인데."

그 말과 함께 에던이 먼저 밑으로 발을 들였고, 레일라 역시 뒤를 따랐다.

그리고 잠시 후,

설마 했던 존재들이 정말로 그 안에 갇혀있었다.

"엘프…."

그것도 무려 일곱이나 되는 적지 않은 인원이었다.

❖ ✣ ❖

이종족들은 기본적으로 인간들과는 살아가는 세월이 달랐다.

비슷한 이들도 있긴 하겠으나, 평균적으로는 분명 다르다는 의미가 우선될 터였다.

엘프!

다르다는 의미에 충실하다 할 수 있는 이종족으로써, 그들의 수명은 평균적으로 인간의 5~8배까지 이르며, 전해지기로는 천년여의 삶을 지낸 이들도 종종 등장한다고까지 알려져 있을 만큼, 그 수명적인 부분에서 차이를 나타내는 이들이었다.

거기에 더해 외형적인 아름다움 역시도 찬사가 절로 나올 수준인지라, 오랜 세월동안 타 종족들의 목표가 되는 상황들이 자주 발생하고는 했다.

물론, 그 대다수의 경우가 '인간' 이라는 부분이 문제였지만, 어찌되었건 중요한 건 그들은 분명 '특별' 했고, 그로 인해서 언제나 위협 속에서 살아갈 수밖에 없었다는 점이었다.

엘프들은 그 외모적으로도 인간들의 욕망을 위한 대상

으로써 많은 위협을 받아왔지만, 그 외에도 천년에 가까운 수명과 뛰어난 정령술로 인해, 불사와 신비를 탐구하고자 하는 권력자들과 마법사들의 끊임없는 관심의 대상이 될 수밖에 없었다.

긍정적인 관심이라면 모르겠으나, 안타깝게도 그 대부분이 부정적인 면이 강한 게 문제였다.

그 때문일까?

엘프들은 하나둘 대륙에서 모습을 감추기 시작했고, 이제는 전설의 일부가 되어 그저 이야기 속에서나 등장하는 환상과도 같은 존재가 되어있었다.

이종족들 대다수가 그 같은 흐름으로 이어졌지만, 그 최초의 시작점에 서 있는 건 엘프들이라고 할 수 있었다.

숲의 엘프!

그 같은 말이 있을 정도로 자연과 함께하는 걸 즐기는 이들이니 만큼, 산속 깊은 곳이나 수풀이 우거진 장소에서 사는 건 그들에게 별달리 문제 될 건 아니었다.

오히려 그런 장소야말로 그들의 터전이라 할 수 있었기에, 그저 사람들과의 교류, 세상과의 만남을 차단한 것뿐이었다.

물론, 그 와중에 더 깊은 곳, 사람들의 발길이 닿을 수 없는 장소로 향하면서, 몇몇 말썽들이 발생하기는 했다.

간단한 예를 들자면, 새로운 장소에 터를 잡으려다 발생하는 몬스터들과의 마찰 같은 것들이었다.

그렇지만 이 모든 문제들은 시간이 흐르면서 해결이 될 수 있었다.

하지만 그럼에도 불구하고 엘프들은 항시 위협에 노출될 수밖에 없었다.

여전히 그들을 노리는 위험한 마법사들과 사냥꾼들이 존재하는 까닭이었다. 안으로 더 안으로, 깊이 더 깊이, 도저히 찾을 수 없다고 여겨지는 장소로 발을 들이는 건, 그들의 생존을 위한 자연스런 흐름이었다.

푸른 바람 일족의 '브렘' 역시도 그 같은 흐름을 거쳐서 살아온 엘프였다.

그는 아직 젊은 엘프였지만, 일찌감치 족장이라는 위치를 잡고 있었는데, 이는 앞서와 같은 이유로 인간들에게 피해를 입어 기존 족장이 그 목숨을 다한 까닭이었다.

혈통으로 자리를 뽑는 게 아니라, 일찌감치 젊은이들 중에서 차기 족장을 준비하고, 오랜 세월동안 지위에 걸맞은 공부를 배워나가는 것, 그게 엘프들이 족장의 자리에 오르는 과정이었다.

브렘이 그 같은 과정이 한창이던 와중일 때, 그들 일족의 족장이 인간들로 인해 생을 다했고, 결국 그는 공부를 마치기도 전에 족장의 자리에 오를 수밖에 없었다.

그 배움이 얕았다면 연배가 많은 엘프가 임시로써 족장의 자리를 맡겠으나, 일정량의 공부를 마쳤던 까닭에, 젊은 나이에도 불구하고 족장의 자리를 이어나갈 수 있었다.

그리고 이런 이유로 인해 그는 스스로를 항시 질책하고는 했다.

'내가 부족했기 때문이다!'

그렇게라도 하지 않으면 정말로 미쳐버렸을지도 몰랐다.

'우리 일족이 인간들에게 잡힌 건…내가 부족했기 때문이다!'

배움이 아직 부족하면서도 족장의 자리에 앉았기 때문에, 그가 제대로 대응하지 못했기 때문에, 그렇기에 발생한 일이라고 여겼다.

무려 52명이나 되는 일족이 사로잡혔고, 그들 중 일부는 이동 중에 목숨을 잃었으며, 중간중간 사냥꾼들의 손에 의해 뿔뿔이 흩어져야 했고, 그나마 남아 있던 이들도 부정한 실험에 의해 대부분 목숨을 잃어버리는 등, 인간들의 세상은 그야말로 악몽 같은 장소며 시간이었다.

복수!

그 단어가 머리에서 가슴으로 그리고 영혼에 새겨지는 기간이기도 했다.

때문에 희망을 버리지 않았다. 버릴 수 없었다.

그들 엘프들이 세상과 멀어졌다고는 하나, 분명 세상에서 활동하는 이들도 있는 까닭이었다.

세상에 대한 호기심에 밖으로 향하는 젊은 엘프들을 비롯하여, 그들 일족과 같은 피해자들을 찾고, 또 추가로 발생할 피해를 막고자 인간들을 감시하기 위해, 일족의 장로회에서 별도로 꾸린 전사들인 '마른가지'가 그 같은 임무를 수행하고 있었다.

브렘은 바로 그 같은 마른가지들을 기다리며, 마지막 희망의 끈을 놓지 않은 채, 미쳐버릴 것 같은 정신을 가까스로 유지하며 버티고 또 버텼다.

이제 그의 곁에 남아있는 푸른 바람 일족의 엘프들은 겨우 여섯뿐이었다. 하지만 그 여섯의 엘프들이 있기에, 그나마 희망을 꿈꾸며 미치지 않을 수 있는 것일지도 몰랐다.

하지만 그를 실험하던 인간들의 분위기나 태도를 통해, 위태로운 희망의 끈이, 결국 짓밟히고 끊겨져 나갈 순간이 왔음을 깨달아버렸다.

그렇게 최악의 절망 속에서 잠식되어 갈 즈음이었다.

끼이이이…

돌연, 그들이 갇혀있던 감옥의 문이 열리는 것이 보였다. 그러더니 이곳에서는 전혀 본 적이 없는 생경한 얼굴이 모습을 드러내는 것이 아닌가.

"엘프…."

그리고 흘러나오는 나직한 음성!

경각심이 절로 일어났다. 낯선 얼굴처럼 그 음성도 처음 들어보는 것이기 때문이었다. 새로운 시설로 옮겨가는 것인가 하는 의문도 들었다.

하지만 뒤이어 풍겨오는 그리운 향기가 그의 경계심을 일부 허물어트려버렸다.

'정령?'

아니나 다를까. 사내의 어깨 너머로 잊혀져가던 그 익숙한 환영들이 선명한 궤적을 그리며 날아드는 게 보였다.

틀림없는 정령이었다.

그 같은 향을 다른 엘프들도 맡았음인지, 힘없이 늘어지고 쓰러져 있던 이들 중 몇몇이 힘겹게나마 고개를 들고, 허리를 세우는 게 보였다.

그리고 이내 사내의 뒤편으로 또 다른 인영이 비쳐드는 걸 보았다. 역시나 생경한 얼굴의 여인이었는데, 오랜 세월 정령과 함께 지내온 덕분일까? 정령의 향이 그녀에게서 비롯되었음을 한 눈에 알 수 있었다.

분명, 정령과 함께한다는 건 그들 일족과는 친구가 될 수 있는 가능성이 있다는 의미이기는 했다.

하지만 지금 이 상황에서는 그 같은 연결고리를 완성시키기가 어려웠다. 경계심이 일부 풀어진 건 사실이지만, 그렇다고 해서 허물어진 건 아니었다.

인간들의 기이한 연구와 실험으로 인해, 이미 제대로 운신도 하기 어려울 만큼 전신이 엉망이었지만, 브렘은 애써 몸을 일으키고 자세를 잡은 뒤, 갑작스런 침입자들을 막아섰다.

이런 그의 모습에 감옥 문을 열었던 사내, 에던은 난처한 얼굴이 되어 뒷머리를 긁적이다 슬그머니 뒤로 물러났다.

상대가 엘프인 까닭이었다.

레일라가 나직하니 한숨을 내쉬더니 앞으로 나섰다. 그리고는 배꼽을 시작으로 가슴어림과 턱 그리고 양쪽 눈과 이마까지, 오른손으로 한 차례씩 짚어 올린 뒤, 정중히 허리를 숙여보였다.

그 순간 브렘의 눈가에 경련이 일었다.

엘프들의 인사법!

비록, 약식이기는 하나 레일라가 보여준 건 엘프들의 예법이었다. 생각지도 못했던 상황에 마주한 그리운 기억 한 자락 때문일까? 한 꺼풀 더 경계심이 풀어지는 건 어쩔 수가 없었다.

레일라의 주변을 맴도는 정령들의 밝고 맑은 향기도 경계심의 희석에 적잖은 영향을 주고 있었다.

그 역시도 힘겹게 손을 들어 예법을 그대로 보였고, 그 끝에서 레일라가 입을 열었다.

"고귀한 잎사귀에 축복을!"

이번에도 역시 엘프들의 예법이었다. 브렘의 눈가에 옅은 흔들림이 있었으나, 앞서 경험으로 인해 그것은 길지 않았다.

"푸른 바람 일족의 브렘이라고 합니다."

"드라필만의 레일라입니다."

짧게 인사말이 오가고, 예법이 마무리를 지었을 즈음, 레일라가 정중히 물었다.

"실례가 안 되신다면, 저희가 도움을 드려도 되겠습니까?"

이미 그들이 암전으로 인해 많은 고통을 받았음을 알고, 그로 인해 인간들에 대한 불신이 극에 달했다는 것도 짐작하고 있었다.

때문에 조심스런 태도를 보일 수밖에 없었다.

그래서인지 브렘 역시도 즉각 대답하지 않았고, 신중히 생각하는 모습을 보였다. 하지만 길게 시간을 끌지는 못했다.

지금 이 기회가 아니라면, 언제 이곳을 탈출할 수 있을지 모르는 까닭이었다.

그 혼자라면 상대가 일족의 예법을 아는 정령사라 할지라도, 신중에 신중을 기하며 경계했을 것이다.

하지만 당장 목숨이 경각에 달한 일족의 어린 아이들이 있었다. 이미 최악인 상황에서 더 최악일 수는 없으리라. 그리 생각하며 우선은 그녀가 내미는 손을 잡기로 결정을 내렸다.

"부디… 도움을 주시길 바랍니다!"

레일라가 거리를 좁혀 그들에게로 다가갔다. 그리고 이어지는 그녀의 행동으로 인해, 브렘은 미간 사이로 주름을 잡아야만 했다.

당장 이곳을 벗어날 것이라고 여겼건만, 그녀는 오히려 감옥 안으로 자리를 잡고 앉아버리는 것이 아닌가.

'부정한 인간들이 언제 올지 모르는데….'

자연히 그 불안감이 눈과 얼굴 그리고 태도에 드러났다. 이 같은 부분을 입에 담으려는 찰나, 이를 읽은 레일라가 먼저 선수를 쳤다.

"이곳을 지키던 이들은 전부 도망갔습니다. 그러니 걱정하지 않으셔도 됩니다."

생각지도 못한 단어였다.

'도망?'

언제고 복수를 하고야 말겠다는 다짐으로, 오랜 세월 부정한 자들을 관찰해 온 까닭에, 그들이 얼마나 위협적인 존재들인지 모를 수가 없었다.

특히, 그들 일족을 감시하는 이들의 경우에는 그 수준이 유난히 뛰어나다는 것 역시 잘 알고 있었다. 그의 몸 상태가 정상일지라도 쉬이 감당하기 어려운 실력자들이 여럿이었다.

그러한 이들에게 '도망'이라는 단어를 사용하고 있으니, 당연히 놀랄 수밖에 없었다.

좀 더 자세한 사정을 묻고자 할 때였다.

화아아악…

돌연, 한 줄기 빛줄기가 그녀의 손 위에서 피어나는가 싶더니, 쓰러져있던 일족의 아이에게 뻗어나가는 것이 보였다.

그 순간 브렘은 동공을 크게 확장시켜야만 했다.

'…정령?'

빛줄기가 정령이 그려내는 궤적이라는 것을 알아챈 까닭이었다. 더더욱 놀라운 건, 그로써도 처음 보는 정령이라는 점이었다.

'빛의 정령이라니….'

놀라운 건 거기서 끝이 아니었다. 겨우 숨결만 붙어있던 일족의 아이에게 빛의 정령이 내려앉고, 점차적으로 그 빛이 크기를 키운다고 여긴 순간, 아이의 안색이 눈에 띄게 밝아지는 것이 아닌가.

"아… 아아… 레-그라자시여!"

저도 모르게 그들 일족의 어머니 나무이자, 세계의 근원인 세계수 '레-그라자'를 부르짖고야 말았다.

어둔 죽음의 향을 피워내던 일족의 어린 아이가, 점차적으로 삶의 활기를 내비치기 시작하고 있었다.

대자연이 허락해준 그들의 고귀한 양식인 프릿을 대량으로 섭취하더라도 그 생을 장담하기가 어려웠건만, 아이는 거짓말처럼 생사의 경계를 넘어, 죽음의 공간으로부터 멀어지고 있었다.

그야말로 기적이나 다를 게 없는 순간이었다.

주륵…

말랐다 여겼던 눈물이 절로 흘러내렸다.

"아아… 레-그라자. 델. 리아. 데!"

세계수를 찬양하는 그들의 기도문을 연신 읊조리며,

기적의 순간을 한껏 받아들이고 있을 때였다.

"쿨럭…."

갑작스런 기침소리와 함께, 그의 시야 바깥쪽에서 또 다른 아이 한명이 눈을 뜨는 것이 아닌가.

또 다시 동공이 극한까지 확장되었다. 그도 그럴게 앞서의 아이보다도 더 숨결이 희미하여, 당장 오늘을 넘기기도 어렵다 여겼던 아이가 눈을 뜨고 호흡을 되찾은 까닭이었다.

'대체, 어떻게…?'

지금의 기적은 여인, 레일라가 일으킨 게 아니었다.

감옥 문을 열었던 사내!

에던이 어느새 아이의 곁에 자리해 있었다.

❖ ✣ ❖

빛과 어둠의 정령!

레일라와 함께하는 그 두 아이들이 어디에서, 누구로부터 비롯되었는지, 에던은 너무나 잘 알고 있었다.

그래서일까?

에던은 그 치유의 빛 속에서 익숙한 느낌을 받았다.

그와 동시에 깨달았다.

'나에게도….'

저 같은 느낌과 감각이 흐르고 있다는 것이다.

이미 지니고 있었으나, 시야 밖에 자리하여 놓쳐버린 채, 그간 모르고 지나쳐왔던 걸, 지금 이 순간 레일라와 빛의 정령 그리고 회복의 힘을 통해 발견하고 깨우쳤다.

아이들에게 시선이 향하는 건 자연스런 수순이었다. 그 중에서도 숨결이 너무도 희미하여, 당장 오늘을 넘기는 것도 불가능해 보이는 어린 엘프가 눈에 들어왔다.

항시 그의 시야를 어지럽히던 죽음으로의 궤적이 너무도 선명하게 보였다. 하지만 지금 그가 보고자 하는 건 그게 아니었다.

[생사의 경계!]

그 안에서 죽음이 아닌 삶을 찾고자 했다.

아이를 봤다.

보고 또 봤다.

그 순간 전에 없이 어마어마한 궤적의 물결이 소용돌이 치며 그의 시야를 어지럽혔다.

마치 동공이 폭발하고 머리가 깨질 것 같은 강렬한 충격이 몰아치더니, 눈가에 실핏줄이라도 터진 듯, 붉게 달아오르기 시작했다.

하지만 보는 걸 멈추지 않았다.

'…찾았다!'

그리고 기어이 발견해냈다.

마치 아이의 숨결처럼 얇고 희미한 그런 궤적이 선명하고도 어지러운 궤적들 사이로 흔들리고 있었다.

홀리기라도 한 듯 그 흐릿한 궤적을 향해 손을 뻗었다.

그리고 잡았다!

지금까지 그가 베어온 것들이 삶의 연결고리라면, 이것은 죽음으로의 통로였다.

뚝…

실질적으로 그런 소리가 난 건 아니었다. 하지만 그 같은 감각 속에서, 손안에 잡혔던 죽음으로의 통로가 부수고 끊어지며 박살나는 걸 느꼈다.

"쿨럭…."

그리고 아이가 눈을 뜨고 희미하던 호흡이 한층 선명해지기 시작했다.

이와 반대로 에던은 일순간 땀방울이 차오르며, 전신이 물먹은 솜 마냥 무거워지는 걸 느꼈다.

그것은 마치, 치열한 전장을 헤쳐 나왔을 때나 느낄 수 있던 탈진감각과도 같았다.

평소라면 한 두 호흡만으로도 기력이 회복될 것이건만, 지금은 서너 호흡이 지나도 회복은커녕, 오히려 더욱 힘이 빠져나가는 것 같은 느낌을 받아야만 했다.

오금에 힘이 풀린 듯, 한 차례 무릎이 꺾였으나, 가까스로 벽을 기대 자세를 바로잡으며, 볼썽사납게 넘어지는 상황은 피할 수 있었다.

무의식중에 그의 호흡이 연공을 따랐다.

"푸후우우우…."

그리고 오래지 않아 점차적으로 기력이 회복되는 걸 느꼈다.

'두 번은 못할 짓이네.'

고개를 절레절레 흔들던 그의 시야에 또 다른 아이가 보였다. 앞서의 아이보다는 약간 나아보였으나, 그 아이 역시도 숨결이 희미하여 위험해 보이는 건 마찬가지였다.

'끄응….'

가슴 속 깊은 곳 무언가가 들썩이며 심장을 불편하게 했다.

'젠장!'

그것이 양심이라고 부르는 것이라는 걸 깨달으며 아이에게로 다가갔고, 그 옆으로 비슷하게 누워있는 아이 '들' 을 눈에 담아버렸다.

'…끄응!'

❖ ✣ ❖

기적과도 같은 현상들이 그와 그녀를 통해서 발생하고 있었다.

브렘은 이 말도 안 되는 상황 속에서 연신 어머니 나무와 그들의 기도문을 입에 담으며, 두 눈 가득 뜨거운 눈물을 게워냈다.

그가 비록 스스로는 부족하다 여기지만, 진정 그러했다

면 결코 일족의 족장으로써 선택되지 못했을 터였다.

족장으로써 충분한 배움이 채워져 있었기에, 어머니 나무와 함께하는 장로들이 인정을 했고, 일족이 납득을 한 것이었다.

그리고 이 같은 족장의 그릇 안에는 일족의 오랜 역사와 그 안에 담긴 다양한 진실과 전설 그리고 신화와 환상들이 가득 담겨있었다.

바로 그 안에서 그는 기적의 답을 찾아냈다.

[심판자!]

한 눈에 알아본 건 아니었지만, 여인과 빛의 정령을 통해 힌트를 얻었고, 사내의 손끝에서 피어나는 이적을 통해 진실에 도달했다.

빛과 어둠에서 태어나는 정령에 관한 이야기가 있었다.

'그들은 삶과 죽음 사이에서 태어난다.'

요정족으로 불리며 정령의 오랜 친구로써, 긴 세월 그들과 소통해온 엘프들에게도 허락되지 않는, 그야말로 미지의 영역에 존재하는 정령들에 관한 내용이었다.

'그 곁을 지키는 자, 생사의 경계를 걷는 자!'

에던을 바라보는 시선에 더 이상 경계심은 없었다. 오히려 경이 그리고 감격과 같은 기색들이 일렁거렸는데, 의외라면 그 사이사이 끼어드는 두려움이었다.

'그대… 선탁 받은 심판자여, 마신의 축복을 받을지어라!'

전율이 일었다.

[마신!]

지옥의 악마들을 관장하는 존재이며, 모든 암흑의 주인이라 불리는 존재.

대개 그들의 하늘이라 불리는 마신은 모든 이들의 공포며 두려움이고, 동시에 외면하고 또 회피하고 싶은 대상일 터였다.

하지만 그들 엘프들은 오랜 수명을 통해, 진실한 역사를 써내려왔고, 이로 인해서 어둔 공포 너머에 내리쬐는 한 줄기 햇살의 의미를 알고 있었다.

'빛은 어둠과 함께일지니.'

마신의 존재는 최초의 신, 창조신의 가장 어둔 부분이다. 여러 신들 중 처음과 가장 가까이에 있는 것이다.

'그러하니 빛과 다름이 없음이리다!'

때문에 심판자는 죽음을 관장하며, 동시에 삶을 징벌할 수 있는 선택된 '신의 사자' 라고, 그들의 역사는 이야기했다.

"레-그라자. 델. 리아. 데!"

다시금 어머니 나무와 기도문을 읊은 브렘은 그 자리에서 그대로 머리를 조아렸다.

그 끝에는 에던이 또 한 아이를 깨우고 있었다.

❈ ✣ ❈

일곱 명의 엘프들 중, 어린 아이가 무려 다섯이었다.

그리도 에던의 손길에 깨어난 아이들은 그 중 셋이었는데, 하나같이 숨결이 희미해져, 오늘과 내일의 경계가 삶과 죽음의 교차점으로 이어지던 아이들이었다.

하지만 아이들의 숨결이 온전히 이어지게 한 건, 레일라의 내민 손길이었다. 좀 더 정확히는 그녀와 함께하는 빛의 정령의 내비치는 치유의 힘이었다.

에던이 멀어져가던 숨결을 다시 붙잡아 둔 건 사실이나, 그가 할 수 있는 건 거기까지였다.

그는 분명 삶과 죽음의 경계선을 볼 수 있었고, 이를 끊고 맺는 것 역시 가능했다.

하지만 회복을 시키는 건 그로써도 불가능했다.

기사들처럼 오러를 불어넣어 활력을 채워줄 수도 없었고, 마법사들의 치유마법도 무리였으며, 정령사들 회복술도 거리가 먼 이야기였다.

레일라의 두 정령이 그로부터 비롯되었다고는 하나, 행하고 이룰 수 있는 능력이 서로 다른 것이다.

그녀의 도움을 받은 건 아이들만이 아니었다. 다른 두 성인 엘프들 역시도 레일라의 도움으로 인해, 작게나마 거동할만한 기력을 찾을 수가 있었다.

그렇게 급박한 상황이 일단락되었을 즈음, 브렘이 에던과 레일라에게 정중한 어조로 요청했다.

"저희들을 침묵의 숲까지 보호해 주실 수 없겠습니까?"

에던의 표정이 굳어졌다. 하지만 레일라는 그와 반대로 호기심어린 얼굴이 되어 브렘을 바라보고 있었다.

[침묵의 숲!]

다른 말로는 지상의 악몽 혹은 마계라고도 불리는 장소로써, 대륙에서는 찾아보기 힘든 다양한 몬스터들도 문제없이 발견할 수 있는 공간이기도 했다.

그 다양한 몬스터들의 대부분이 그야말로 악몽 수준의 몬스터들이며, 그로 인해서 그곳에 발을 들이면 살아서는 나올 수 없기에, 침묵의 숲이라고 불리는 것이었다.

트롤을 비롯하여 오우거 같은 괴수들이 숲의 외곽에 그득할 정도로, 그곳의 몬스터 수준은 극악하다 할 수 있었다.

그 때문에 용병들에게는 최고의 돈벌이 장소이며, 동시에 최악의 금지로 불리기도 했다.

대형 몬스터들을 사냥해서 한 건 크게 벌 수 있어서 최고이나, 외곽에서 조금만 깊이 들어가면 숲의 침묵에 삼켜지기에 최악인 것이다.

안전제일을 기본으로 삼는 에던의 표정이 굳어지는 건 어쩔 수 없는 당연한 수순이었다.

그와 반대로 진리의 탐구자로써, 레일라의 눈가에 불빛이 반짝거리는 것 역시 자연스런 흐름이었다.

'미친 거 아니야?'

에던이 이 같은 생각을 하는 것 역시도 당연했다.

'함께 뒈지러 가자고?'

그렇게 외쳐 물으며 멱살을 잡고 싶었지만, 여전히 비틀비실거리는 브렘에게 섣불리 손을 대기는 어려워, 그저 조용히 속으로 외치고 울부짖으며 불태울 뿐이었다.

이런 그와 달리, 레일라는 주저 없이 입을 열더니 하고자 하는 말을 꺼내들었다.

"그곳에 땅에서 깨어 하늘에 닿은 분이 계시는군요."

더 이상 놀랄 일이 없다고 여겼던 브렘은 또 한 번 동공을 키우며 레일라를 바라봐야만 했다.

그녀가 말한 건, 그들의 어머니 나무인 레-그라자를 고대에 표현하던 방식인 까닭이었다.

다행이라면 앞서의 경험들이 워낙 인상적이었던 까닭에, 이번에는 그 충격이 짧게 끝났다는 점이었다.

"그에 대해서는 드릴 말씀이 없군요."

어찌 보면 무례한 반응이라 할 수 있겠으나, 어머니 나무에 대한 이야기는 그들 일족 최고의 기밀이라 할 수 있기에, 오히려 이에 대해서 물은 레일라가 무례를 범한 것이나 다름없었다.

에던은 레일라가 내비치는 분위기 속에서, 그녀가 생각 이상으로 긍정적인 반응을 보인다고 여기는 걸 느꼈다.

때문에 즉각 거절의사를 표시하며, 이쯤에서 대화를 마무리 지어야 한다는 생각을 했다. 그리고 이를 실행하고자 앞으로 나서려던 찰나였다.

“저와 아이들을 침묵의 숲에 거하는 일족의 품까지 보호해 주신다면, 심판자님께서는 바라시던 걸 얻으시게 될 것입니다.”

뜬금없는 브렘의 이야기가 그의 말문을 막아버렸다.

‘심판자? 바라는 거?’

브렘의 시선으로 봐서는 분명 그에게 한 말이라는 걸 알겠건만, 그로써는 도통 이해할 수 없는 단어가 두 개나 끼어있었다.

“제게 하시는 말씀이신지…?”

혹시나 싶어 그렇게 물을 수밖에 없었다. 말끝이 흐려진 건 착각일지도 모른다는 일말의 가능성의 모색이었다.

“그렇습니다. 심판자시여.”

‘끄응….’

잘 못 들은 게 아니라는 걸 확실히 알았고, 그 덕분에 무언가 예상치도 못한 상황이 나올 거라는 불길함 역시 뒤따랐다.

여기서 침묵하고 발길을 돌린다면, 골치 아픈 상황이 없을 거라는 것 역시 알 수 있었으나, 그럼에도 불구하고 결국 물을 수밖에 없었다.

“저를 심판자라고 하시는 이유를 들을 수 있겠습니까?”

브렘은 그에 대해 갈등하지 않았다, 이미 그가 심판자라는 걸 아는 까닭이었다.

"심판자님께서 '마신'의 사자이시기 때문입니다."

"큭, 쿨럭!"

사례라도 들린 것 마냥, 에던이 헛기침을 터트렸다. 그와 동시에 레일라는 또 한 번 호기심에 빛나는 눈동자로 브렘과 에던을 번갈아 돌아보고 있었다.

'마신?'

생각지도 못한 단어였다.

"그…렇게 생각하시는 이유도 들을 수 있을까요?"

애써 헛기침을 멈추고 호흡을 정리한 에던이 그리 물었다. 브렘은 이번에도 주저함 없이 답을 내어줬다.

"삶과 죽음의 경계에 설 수 있는 건, 오로지 그분의 사자이신 심판자님뿐입니다."

"쿨럭!"

멈췄던 기침이 다시금 튀어나왔다.

삶과 죽음의 경계!

그 대답이 너무도 훌륭하게 모든 반박의 여지를 씹어준 까닭이었다.

'썩을….'

침묵하고 발길을 돌렸어야 한다는 생각이 연신 머릿속을 맴돌며, 뒷목을 뻐근하게 만들고 있었다.

골치 아픈 건, 왠지 이제부터가 시작일 것 같다는 슬픈 예감이었다.

9. 마른가지.

9. 마른가지.

암전과의 대립을 생각했을 때, 일정이 바뀌는 건 여러모로 좋지 않은 상황이었다.

그렇다고 해서 제 한 몸 추스르기 어려운 일곱의 엘프들을 그냥 내버려두고 발길을 돌리기도 어려웠다.

게다가 그 안에 아이가 무려 다섯이나 된다는 건, 한 차례 일렁이기 시작한 양심이라는 녀석을 그냥 내버려두기 힘들게 만들었다.

물론, 아이들의 실제 연령대가 생각 이상으로 높을지도 모른다는 가능성 역시 존재하지만, 중요한 건 외형적으로도 그렇고, 저들 일족들 사이에서의 실질적인 위치도 어린 '아이' 라는 점이었다.

멀쩡한 신체의 성인 남성 엘프들 일곱이라 해도, 그들이 무사히 바라던 목적지까지 도착할지는 미지수였다.

당연하게도 이들 일곱 엘프는 더더욱 가능성이 희박하고, 높은 확률로 위기와 위협 속에서 최악을 맞이할지도 몰랐다.

"끄응…."

몰랐으면 모르되, 이미 보았고 또 알아 버렸다.

'어쩔 수 없나….'

침묵의 숲!

금지로의 여행은 진정 심장이 터질 듯 설레었다.

❖ ✣ ❖

그야말로 갑작스럽고 또 뜬금없는 소식이었다.

"뭐? 잠정적 중단?"

셰릴은 이해할 수 없는 내용에 눈살을 찌푸리며 보고서의 다음 내용들을 세세히 훑어나갔다.

"엘프? 침묵의 숲?"

생각지도 못한 단어들이 연달아 쏟아져 나왔다.

"제정신이야?"

당연히 나오는 반응도 격렬해질 수밖에 없었다. 이미 에던을 위한 일정이 알차게 준비되어 있었고, 또 계획 중에 있었다.

"엘프들 문제 정도는 우리 쪽에서 대신 해결해 주면 되는 걸… 하아!"

한껏 눈살을 찌푸리던 그녀가 의자 깊숙이 몸을 묻으며 재차 보고서의 내용을 되새겼다.

'엘프… 엘프라….'

에던을 위해 마련된 일정들을 생각한다면, 당장 그를 복귀시켜야 옳았다.

하지만 그 대상이 엘프라는 게 문제였다.

'쯧! 다른 이종족도 많은데, 하필이면….'

성국 역사의 한 축을 담당하던 수도사 몽크들과 마찬가지로, 그들 엘프들 역시 레드문과 작지 않은 인연을 구축하고 있는 까닭이었다.

특히, 저들과의 관계는 최초의 여왕과 관계되어 있는 만큼, 더더욱 엘프에 관해서는 그녀도 섣부른 판단을 내리기가 어려웠다.

하프엘프!

혹은 혼혈이라고도 불리던 존재로써, 인간과 엘프 그 사이에 존재하던 여인이 바로 최초의 여왕이었다.

때문에 레드문의 초기 무렵에는 엘프들과의 교류가 제법 왕성했을 정도였다.

지금이야 그들 엘프가 대륙에서 자취를 감추며, 그 만남이 쉽지 않았으나, 그렇다고 해서 교류가 완전히 끊긴 건 아니었다.

간혹 세상에 모습을 드러내는 엘프 일족의 '마른가지' 들을 통해, 간간히 대화가 오가고는 했다.

과거와 다른 점이 있다면, 아주 가끔이라는 점과 그들이 모습을 드러내기 전에는 대화가 이뤄지기 어렵다는 것 정도랄까?

하지만 그럼에도 불구하고 분명한 건, 지금도 레드문과 엘프, 정확히는 여왕과 엘프들은 긴밀한 관계를 이어오고 있다는 점이었다.

잠시간의 갈등 끝에 그녀가 자리에서 일어났다.

"상황을 제대로 파악해야하니까."

그와 동시에 밖으로 향했다.

당연하게도 목적지는 '그' 의 곁이고, 목표 대상은 함께하는 엘프들이었다.

❖ ✣ ❖

기존의 일정들을 잊지 않기 위해서라도, 이 갑작스러운 여정을 서두르고자 했다.

하지만 동행들의 상태가 그 같은 바람을 쉬이 허락해주지 않았다.

'미치겠네!'

원치 않게도 마부 역할을 자처하게 된 에던은 한껏 구겨진 얼굴로 마차의 앞자리에서 한숨을 푹푹 내쉬어야만 했다.

엘프들에게 그 같은 역할을 맡길 수가 없기에, 그로써는 피할 수 없는 선택지였다.

암전과의 대립을 생각한다면, 더더욱 지금 이 상황이 답답할 수밖에 없었다.

[편하게 휴가라고 생각해.]

레일라가 그리 말하며 고삐를 맡겼지만, 휴양지가 침묵의 숲이라는 부분에서 이미 웃음 포인트가 엉망이었다.

게다가 그 홀로 이렇게 앞자리를 지키며 먼지바람을 음미하는 것과 달리, 레일라는 마차 안에서 여유롭게 엘프들과 나름 유익한 대화를 즐기고 있었다.

정령!

그들에게는 공통적인 대화 주제가 있었고, 레일라는 정령술의 대가라 할 수 있는 엘프에게 정통한 정령술의 공부를 제대로 전수받는 중이었다.

특히, 브렘은 한 일족의 족장이기도 한 만큼, 지닌바 공부의 깊이가 가볍지 않아, 레일라에게는 가뭄의 단비와 같은 가르침을 내려줄 수 있었다.

그녀가 비록 대마법사급의 재능과 자질을 지니고 있다고는 하나, 정령술에 관해서는 부족한 게 사실이었다.

특히, 엘프들과 마찬가지로 자연과 더불어 살아가는 정령사들의 본질적인 특성으로 인해, 정령술과 관련된 서적들이 많지 않다는 걸 생각해 본다면, 브렘의 가르침은 그녀를 한 차원 높은 단계로 끌어올려주는 계기가 될 수도 있었다.

'젠장!'

그런 이유로 군말 없이 마부석에 앉을 수밖에 없었다.

신기한 건, 브렘의 태도였다.

레일라가 정령사라는 것과 그들을 도왔다는 부분에서, 분명 그들이 은인이라는 건 사실이었다.

하지만 그렇다고 해서 정령술의 공부를 아낌없이 전해준다? 그것도 저들 일족의 공부까지 가르친다는 건, 여러모로 이상할 수밖에 없었다.

더욱 기이한 건, 그 배움의 결정적 계기가 바로 에던에게 있다는 점이었다.

'심판자라….'

간략하게나마 그와 관련된 설명을 듣기는 했다. 때문에 더더욱 이해를 할 수가 없었다.

'마신의 사자?'

여러 이야기책이나 성국의 역사서에서 신의 사자라는 단어가 종종 등장하기는 했다. 때문에 아주 낯선 느낌은 아니었다.

하지만 그 반대되는 의미의 사자가 존재할 거란 생각을 못해봤던 까닭에, 어색함이 남는 건 어쩔 수가 없었다.

게다가 더욱 놀라운 건, 마신이라는 의미가 여러 이야기책이나 성국이나 가르침과는 달리, 절대적으로 배척 배제해야 하는 부정적 대상이 아니라는 점이었다.

특히, 수많은 신들 중에서도 가장 처음과 가까이에 있다는 부분이 인상적이었다.

'성녀와 같은 위치라….'

어찌 보면 그보다 더 특별할 수 있다던 브렘의 설명에, 그의 저 아낌없는 가르침이 일부 이해가 되기도 했었다.

성녀라는 존재는 타 종족들에게도 경외의 대상으로써, 신의 사자라 불리는 그녀들은 인간과 적대적인 종족들도, 특별하게 여길 정도라고 기록되어 있었다.

오죽하면 몬스터들도 그녀들에게는 함부로 이를 드러내지 않았다고 할 정도니, 더 말해 무엇하랴.

'그러면 대우를 해 줘야지!'

이 텁텁한 먼지를 아낌없이 시식할 수 있는 앞자리와 초라한 그의 몰골은 여러모로 그를 불평과 불만의 수렁 속으로 몰아갈 뿐이었다.

'그나저나….'

에던의 시선이 슬쩍 뒤편으로 향했다. 저 멀리 보이지도 않는 시야 바깥에서부터 느껴지는 감각들이 있었다.

'…추격자려나?'

비록 거동이 어려운 엘프 일곱을 이끌고 이동을 하고 있다고는 하나, 레드문의 도움을 얻어 꾸준히 흔적을 지우며 움직이는 중이었다.

하지만 그럼에도 불구하고 결국 꼬리가 밟혀버린 것일까?

조금 전부터 그들의 마차를 향해 다가오는 그림자들이 있었다.

'암전이려나?'

그럴 확률이 높다고 여겼다. 브렘에게 들은 바로는, 그들은 암전의 시설에서 기이한 인체실험을 당했다고 했다.

저들이 엘프들을 내버려둔 이유는 그들의 죽음을 예견했기 때문이었다. 하지만 멀쩡히 살아있다는 게 밝혀졌다면, 필히 찾아서 처리를 하려 들 확률이 높았다.

게다가 암전과의 마찰을 생각한다면, 추격자들의 정체를 그들로 짐작하는 건 당연한 수순일 터였다.

점차적으로 거리가 가까워지는 걸 느꼈다. 그리고 이즈음 에던은 암전이라는 의문에서 한 걸음 멀어져야만 했다.

일정거리 이상으로 다가오지 않는 걸 느낀 까닭이었다.

지난 가을과 겨울을 겪으며, 저들 암전은 에던에게 상당한 피해를 입었다. 그러며 작게나마 그들 나름의 대처법도 마련한 상황이었다.

거기에는 추격과 관련한 부분도 있었다.

그가 별의 영역에 올랐음을 알기에, 항시 아슬아슬한 경계 너머에서 그를 추격하는 게 그들의 방식이었다.

지금의 거리는 너무도 어정쩡하여, 암전과는 다르다는 생각을 하게 만들기에 충분했다.

거기에 더해 추격자들의 숫자 역시도 기이했다.

'다섯?'

암전이라면 최소한 두 자릿수는 붙였을 것이다. 헌데, 느껴지는 감각에는 한 손으로 충분히 꼽을 수 있는 숫자밖에 없었다.

의문과 의혹 속에서 마차의 속도를 살짝 올려봤다.

별 것 아닌 듯 보이지만, 추격자들에게는 이 갑작스런 행동이 돌발적인 것으로 비쳐질 것이고, 그들이 들켰다는 의심을 하게 만들기에 충분한 터였다.

그리고 이 같은 흐름은 저들에게 두 가지 선택지를 요구하게 만든다.

'오거나 가거나.'

당장 달려들어 그 존재를 드러내게 만드는 게 첫 번째고, 한껏 거리를 벌려 다시금 추격을 이어나가는 것이 두 번째였다.

그리고 저들의 선택지는 생각지도 못한 세 번째로 드러났다.

쉬이이익…

한 줄기 빗살이 허공을 가르며 날아들었다.

'화살?'

어떻게 한 것인지 뒤에서 쏘아진 화살이 마차를 지나치며 마부석을 향해 떨어지고 있었다.

오거나 가는 게 아닌, 그 어정쩡한 거리를 유지한 채 이빨을 드러낸 것이다.

타앙!

격렬한 타격성과 함께 에던이 손을 떨었다. 가볍게 쳐내려 했건만, 그 안에 담긴 힘이 너무도 거셌다.

문제는 그게 시작이라는 점이었다.

피피피피피핑…

놀랍도록 많은 수의 화살들이 이해할 수 없는 방향전환을 하며, 앞자리에 있는 그에게로 쏟아져 내리고 있었다.

마치 폭우가 쏟아지는 것 같은 풍경에 에던이 이를 악물었다.

파파파파파팡…

앞서보다는 한결 가벼운 타격성이었으나, 손끝에 남는 여운은 길고 또 짙었다. 최대한 흘리며 걷어냈건만, 그 수가 워낙 많아서인지, 그 숫자만큼의 충격들이 누적된 것이다.

특히, 마차에 피해를 주지 않으려다 보니, 더더욱 무리를 할 수밖에 없었다.

그리고 이 즈음, 마차 안쪽에서도 외부의 이상을 알아챈 듯, 레일라가 밖으로 모습을 드러냈다.

마법사이기 전에 검가의 여식이라는 걸 증명하듯, 유려하고도 날랜 움직임으로 마차 위로 올라선 그녀가 에던을 향해 물었다.

"암전?"

짧지만 의미는 충분히 전달됐다.

"애매하네."

고개를 젓는 에던의 반응에 그녀가 정령들을 소환했다. 정령술을 사용하는 순간 초월자급의 감지영역을 지니는 만큼, 그녀는 단번에 추격자들을 발견할 수 있었다.

그리고 깜짝 놀라야만 했다.

"정령?"

저 멀리 추격자들의 주변으로 몰아치는 정령의 흔적을 읽은 것이다. 이는 저들도 마찬가지였던 모양인지, 갑작스레 화살의 위협이 사라졌다.

외침을 들은 에던이 레일라와 시선을 맞췄다. 그와 동시에 고개를 끄덕이는가 싶더니, 질주하던 마차가 그 자리에 멈춰 섰다.

거리를 유지할 듯 보이던 추격자들이 단번에 거리를 좁혀왔다.

오래지 않아 추격자들이 그들을 따라잡은 듯, 후방에서 모습을 드러내는데, 그 정체를 확인한 에던과 레일라는 또 한 번 시선을 나누며 고개를 끄덕여야만 했다.

서로 짐작했던 바가 맞았음을 확인한 까닭이었다.

'엘프!'

다섯의 추격자들은 바로 엘프들이었다.

선뜻, 누가 먼저 말문을 열지 못한 채, 그렇게 엘프들과 거리를 유지한 상태로 대치를 하고 있을 때였다.

"레-그라자. 델. 리아. 데!"

브렘이 그 같은 외침과 함께 마차 밖으로 나왔다.

갑작스레 멈춘 마차와 외부의 소란에 대비를 하고자, 마차의 창으로 조심스레 상황을 살피던 브렘이 엘프들을 발견하고는 밖으로 나온 것이다.

엘프들의 정체를 잘 아는 까닭이었다.

"푸른 바람 일족의 장 브렘이 '마른가지'의 일원들을 뵙습니다."

대륙에서 활동하는 엘프의 요원들로써, 인간들의 세상에서는 '다크 엘프' 불리는 이들이기도 했다.

❖ ✣ ❖

마른가지!

그들 대부분은 인간에 대한 원한을 깊이 간직하고 있었다. 어린 시절에 직접적으로 피해를 입거나, 혹은 간접적으로 가까운 이를 잃은 경험들이 그들로 하여금 부정한 감정을 품게 만들고, 이내 그들을 극단적인 선택지로 몰아가고는 했다.

다크 엘프!

인간들이 그들을 부르는 단어였는데, 실제로도 그들은 빛보다 어둠에 깊이 물들어 있는 존재들이었다.

몇몇 어둠의 깊이가 심각한 이들의 경우에는 정령과의 교감이 차단될 정도까지 이르는 이들도 있을 정도였다.

그들 일족의 엘프들은 남다른 정령술과 특별한 활 솜씨로 스스로를 지키는 게 기본이었다.

물론, 인간들보다 뛰어난 신체적인 능력도, 기본적으로 그들이 스스로를 지키는 요소가 되어줬다.

하지만 이 모든 건, 그들이 숲과 함께할 때에 가능한 일이었다.

자연에서 멀어지는 순간, 그들은 능력의 일부가 깎여나가는 걸 느끼고는 했다.

마치, 사람들이 고산지대에 올라 숨이 차오르듯, 그들 역시도 비슷한 경험을 하는 것이다.

때문에 마른가지들은 어둠을 품었다.

그로 인해 숲에서 멀어져도 온전히 제 힘을 발휘하는 게 가능했고, 거기에 더해 기존의 능력 이상의 괴력을 내세울 수도 있었다.

하지만 여기에는 또 다른 문제점도 존재했다.

앞서 숲에서 멀어지면 그 능력이 깎여나가던 것과 비슷하게, 마른가지의 일원이 되는 순간 어둠에서 멀어지면 힘이 소실하는 경험을 하게 되는 것이다.

물론, 그렇다고 해서 대낮의 활동에 지장이 있는 건 아니었다.

어둠에 물들며 얻은 괴력의 증가치란, 그들이 마른가지가 되기 전, 기존에 지니고 있던 능력치에 버금갔던 것이다.

문제가 있다면 정령력이 일부 소실되었다는 점인데, 그들이 받은 '어둠의 축복'으로 변화한 신체는 그 같은 부분을 충분히 메울 수 있는 가능성을 부여해줬다.

이 같은 잠재력을 온전히 깨우친 그들의 육신은 불가능이란 단어를 먼 이야기로 만들어주고는 했다.

하지만 이게 웬일?

추격대상과 대면하는 순간, 그들은 불가능의 거리가 가까워지고, 알 수 없는 두려움의 무게감이 그들의 어깨를 짓누르는 걸 느낄 수 있었다.

먼 거리에서 화살만 쏘던 당시에는 느낄 수 없는 감각이며 감정이었다.

이 정적의 시간이 진정으로 숨 막히게 여겨질 즈음이었다.

"푸른 바람 일족의 장 브렘이 마른가지의 일원들을 뵙습니다."

생각지도 못한 인물이 튀어나오며, 그들은 막혀가던 숨통이 일부나마 트이는 기분을 맛볼 수 있었다.

'푸른 바람 일족?'

너무나 잘 알았다. 한 부족이 통째로 겁화에 휩싸여 사라졌던 사건으로써, 저들 푸른 바람 일족이 바로 그 중심에 있었다.

그들 마른가지들이 전 엘프들을 보호하기 위하여 움직이는 만큼, 결코 모를 수가 없고 또 몰라서는 안 되는 사건이기도 했다.

"마른가지의 '럭셀' 입니다."

다섯 엘프들 중 한명이 앞으로 나서며 짧게 자신을 소개했다.

밝은 빛 앞에 나서는 걸 자제해야 하고, 그런 까닭에 다른 엘프들과의 대화 역시도 최소한으로 제한하는 것!

어둠을 살아가는 그들 마른가지들의 원칙이었다.

그 때문에 많은 대화가 필요한 순간에도, 딱히 이렇다 할 질문을 내어놓기 보다는 조용히 기다리는 게 그들의 방식이었다.

일정량의 공부를 마친 성인 엘프들이라면, 누구나 그들의 법칙도 알고 있었다.

때문에 브렘이 상황을 이끌어 줄 거라 여기며, 짧은 대답과 함께 그의 이야기를 기다리는 것이었다.

과연, 그들의 예상대로 브렘의 이야기가 시작되었다.

"이분들은 저희를 구해주신 은인이십니다."

갑작스런 정령의 출현과 브렘의 등장으로, 이미 그 정도는 짐작하고 있었다.

그들에게 중요한 건, 저들이 과연 누구인가 하는 부분이었다. 정령과 함께하는 만큼, 그들 엘프들의 친구가 될 가능성이 있는 존재라는 건 분명하지만, 그럼에도 불구하고 일단 경계를 할 수밖에 없었다.

이곳이 인간들의 세상이고 그들은 기본적으로 인간을 적대하는 마른가지이기 때문이다.

게다가 한 가지 더, 그들에게 불가능을 심어주었던 사내, 그들의 화살을 막아내던 마부석의 사내에 대한 기이한 두려움이 '은인'이라는 단어 앞에서도, 경계심을 앞세우게 만들고 있었다.

이런 그들의 공통된 마음 때문일까?

자연스레 에덴에게로 시선이 쏠렸고, 이를 본 브렘은 한눈에 상황을 판단하고는 즉각 그들의 궁금증과 경계심에 대한 답을 내어주었다.

"삶과 죽음의 경계에 서 계시는 분이십니다."

그 순간 다섯 엘프들의 동공이 커졌다. 브렘이 말하는 바가 무엇을 뜻하는지 잘 아는 까닭이었다.

[심판자!]

그들에게 너무도 특별한 의미를 지닌 존재였다.

마치 당연한 수순처럼, 마른가지가 존재할 수 있는 근본적인 힘의 원천이 떠올랐다.

[어둠의 축복!]

옛 고대의 세상에서는 이를 다른 방식으로 불렀었다.

[마신의 세례!]

그런 이유로 인해 에덴을 향한 두려움 역시 납득할 수밖에 없었다.

"심연의 주인을 뵙습니다!"

약속이나 한 듯, 그들 다섯의 무릎이 꺾이며 그 이마가 바닥에 닿을 듯 내려갔다.

그들은 숲의 아이지만 동시에 밤의 꼭두각시이기도 하기에, 마신의 사자라 불리는 심판자에게 그 머리를 조아릴 수밖에 없는 것이다.

이 갑작스럽고도 황당한 그들의 태도에, 에던은 잠시 고개를 들어 흘러가는 구름을 올려다봤다.

'심판자? 신의 사자?'

조금 뜬금없긴 하지만, 그래도 확인하고 싶었던 것이다.

'하늘에 구멍이라도 났나?'

그와 하늘, 분명히 둘 중 한쪽은 제정신이 아닐 것 같다는 생각이 들었다.

❖ ✣ ❖

생각지도 못한 일이었다.

"실험체들이 살아있다고?"

레브렉은 믿을 수 없는 이야기에 저도 모르게 자리를 박차고 일어나야만 했다.

마지막까지 남아있던 일곱 엘프들의 생존사실은 그만큼 충격적이었다.

그들이 준비했던 프릿을 전부 사용해서 잠시간 숨결을 붙여놓는 게 한계라고 여길 만큼, 당시 엘프들의 상태는 최악이었다.

대부분의 프릿을 챙겨서 달아난 만큼, 살아날 가능성 따위는 전무하다는 게 레브렉의 판단이었다.

다른 누가 와도 그 같은 결론을 내렸을 정도로, 그들의 생존은 불가능했다.

하지만 그들은 여전히 살아있었다.

'어떻게…?'

실험을 하던 와중에 종종 도망치는 이들이 발생하고는 하는데, 암전에서는 이를 방지하고자 일종의 안정장치를 달아놓는 게 기본이었고, 엘프들 역시 그 같은 대비가 되어 있는 상태였다.

단지, 하고자 하는 실험과의 연관성으로 인해, 그저 간단히 그들의 숨결 정도만 파악할 수 있는 마법 혹은 저주를 걸어놓았을 뿐이지만, 그래도 생사여부 정도는 확실히 알 수 있었다.

엘프들과 연결되어 있는 양초!

그것의 불이 꺼졌을 때가 엘프들의 죽음을 알려주는 신호였다.

특히, 불길의 세기를 통해, 그들의 얼마나 위독한지도 파악 가능했는데, 여기서 더욱 놀라운 점은 하루가 다르게 불의 세기가 거세지고 있다는 점이었다.

도저히 이해할 수 없는 현상이었다.

"이건… 불가능 해! 말도 안 돼!"

그 같은 말만 연신 외쳐댈 정도로 그는 일종의 패닉 상태에 빠져있었다.

어쩔 수 없는 반응이었다.

'그들이 살아가서는 안 된다!'

비록 제대로 된 성과를 낸 것은 아니지만, 분명한 건 그들 엘프들은 생명이 경각에 달할 정도로 그들의 실험체로써 살아왔다.

말인 즉, 발현되지만 않았을 뿐, 그들의 내부에는 그간 실험의 내력들이 상당부분 담겨 있단 의미였다.

물론, 성과가 없었던 만큼, 제대로 된 흐름이 구성된 건 아니었고, 이를 통해서 무언가를 알아낸다는 건 불가능에 가까웠다.

바로 이 부분이 중요했다.

'불가능에 가깝다는 거지, 불가능하다는 건 아니라는 게 문제지!'

그리고 이 가능성을 완성시킬 수 있는 존재를 알고 있었다.

하이 엘프!

저들의 가장 높은 곳에 자리한 존재로써, 그 수가 극히 소수일 뿐이지만, 엘프들이 경외시하는 장로회보다도 위에 자리해 있었다.

정령술의 대가라고 불리는 엘프들이지만, 실상 그들은 마법에도 뛰어난 재능을 지니고 있었다.

[원소마법!]

대자연과의 교감능력을 활용한 마법으로써, 하이 엘프라 불리는 이들의 경우에는 이 원소마법을 극한까지 익힌, 대마법사 그 너머의 마도사급의 실력자라고 할 수 있었다.

비록, 그 마법적인 기반뿌리가 다르다고는 하나, 충분히 엘프들에게 자행된 실험의 정체나 그 안에 포함된 비밀을 파헤치는 것이 가능할 확률이 높았다.

"잡아야 한다!"

사신과의 마찰은 최대한 피하라는 게 원로회의 명령이었지만, 이대로 저들을 놓쳤다가는 후에 더욱 복잡한 사태가 발생할지도 몰랐다.

고민과 갈등 속에서, 엘프들과 관련된 이번 사건을 영원히 묻어두는 건 어렵다는 판단을 내렸다.

'그렇다면 차라리 이걸 이용해서 기회로 삼자!'

불꽃의 불이 꺼지는 경우는 두 가지다.

엘프들의 죽음 또는 저주의 해제!

그 전까지는 양초가 타오를 것이고, 거기에 담긴 흐름을 이용한다면 얼마든지 추격도 가능했다.

상대가 사신이라 할지라도, 그에 합당한 준비를 갖춰서 덮친다면 충분히 감당할 수 있을 거라 믿었다.

[암전!]

그들은 대륙 이면의 세상을 통치하는 어둠의 지배자였다.

'초월자 한 명에게 휘둘리는 것도 이제는 끝낼 때가 됐지!'

단지, 문제라면 어떻게 지금 이 상황을 원로회가 납득할 수 있게 설명할까 하는 것이다.

'젠장!'

자신의 뛰어난 머리와 조금 덜 뛰어난 말솜씨를 믿으며, 그가 떨리는 손으로 통신구를 움켜 쥐었다.

❖ ✣ ❖

새롭게 합류한 이들 덕분인지, 여정은 크게 어렵지 않았다.

'이렇게까지 편해도 되는 건가?'

오히려 이 같은 생각마저 들 정도였다.

다크 엘프!

혹은 마른가지라고도 불리는 그들의 합류 덕분이었다. 에던으로써는 난처하다고 여겨질 만큼, 그들은 그에게 공손했다.

조심스러워 하는 이유라면 브렘에게 들어 잘 알았다.

'성녀와 사제라.'

딱 그 같은 관계라는 것이다. 당연하게도 성녀가 에던이며 사제가 마른가지들이었다.

이렇다 할 증거가 따로 존재하는 것도 아니건만, 저들은 너무도 당연하다는 듯 그를 마신의 사제이며 심판자로써 대하고 있었다.

그 스스로 아직까지 제대로 납득을 한 것이 아니건만, 저들의 행동으로 인해 마치 세뇌가 되는 기분마저 들 정도였다.

'불편해서 돌아버리겠네!'

때문에 이 편안한 여정이 도리어 부담되는 것이다. 물론, 마차 안으로 들어오면서, 거침없이 날아드는 먼지들로부터 벗어난 건 환영할만한 일이기는 했다.

'그래도… 공짜는 좀….'

분명, 심판자라는 지위가 오랜 전장생활 속에서 삶과 죽음을 걸어오며 생겨난 것이라면, 납득하며 받아들일 마음까지는 있었다.

하지만 그로 인해서 발생하는 여파까지 감당하고 싶단 생각은 없었다.

마른가지!

그들은 에던을 향해 심판자라는 단어를 쓰기보다는 '심연의 주인' 이라는 표현을 사용하며 그를 높였다.

브렘은 이에 대해서 성녀와 사제라는 비유를 들었지만, 그가 생각하기에는 그보다 더 극단적이라고 여겼다.

그들이 '주인' 이라는 단어를 사용하며, 스스럼없이 머리를 조아리던 부분에서 이미 짐작하고 있었다.

주종의 관계!

그들 스스로가 에던을 주인으로 보고 있는 것이다. 간간히 드러나는 눈빛이 그 같은 예감에 확신을 더해줬다.

'귀족 앞에 끌려온 평민?'

딱 그런 느낌으로써, 너무도 낯선 감각이며 경험이었다.

마치 공짜로 그의 수족들이 생겨난 기분이랄까?

그리고 바로 이 같은 이유 때문에 저들의 존재와 이 평안이 부담스러울 수밖에 없었다.

'…공짜?'

치열했던 용병생활은 그에게 가르쳐줬다.

'이유 없는 공돈은 칼을 불러오기 마련이지.'

공짜 좋아하다가 피똥 싸는 경험만큼은 피하고 싶었다.

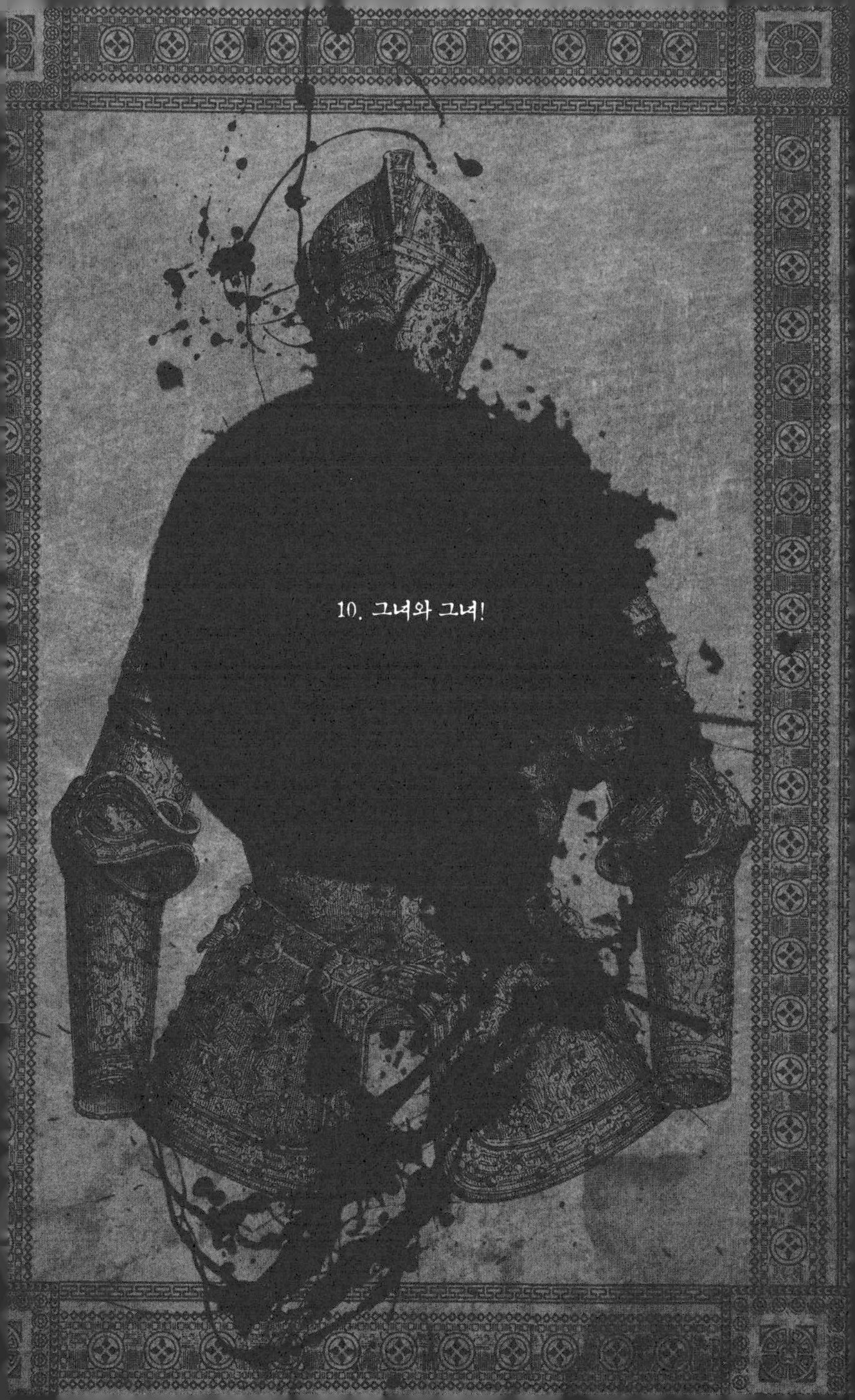

10. 그녀와 그녀!

10. 그녀와 그녀!

일단 따라잡는 건 오래 걸리지 않았다. 그에게 체취를 묻혀놓은 이유도 있지만, 애초에 그가 지나는 길목이 업무를 보던 장소에서 그리 멀지 않기도 했다.

감각권에 그의 존재가 들어왔을 때, 적정거리를 따르며 상황을 보고하는 그림자들이 그간의 사정들을 간략히 설명해줬고, 그로 인해 잠시나마 발길이 멈춰버렸다.

'다크… 엘프?'

생각지도 못한 단어는 아니었다. 그들에게 소식을 전한 게 그녀이기 때문이다.

셰릴은 여왕과 엘프 사이의 관계를 떠올리며, 일곱 엘프에 관한 이야기를 간략하게나마 저들 엘프들에게 보냈다.

과거와 달리 원활한 소통이 이뤄지는 게 아닌 만큼, 저들이 먼저 찾아오기 전에는 대화를 나누기가 어려운 건 사실이나, 그래도 급박한 사태를 대비해선 일말의 소통창구는 마련되어 있었다.

그곳을 통해 전했기 때문에, 저들의 등장 정도는 예상하고 있었다.

단지 의외라는 건, 항시 어둠을 살아가는 저들이 밝은 빛 아래에 모습을 드러냈다는 것이고, 거기에 더욱 당혹스러운 부분은 저들이 마차를 몰고 있다는 점이었다.

'이게, 대체…?'

너무도 황당한 사태에 그림자들의 보고를 의심하기까지 했을 정도였다.

하지만 그림자들은 무려 그녀의 직속이라고 불리는 '가시' 들이었다. 의심을 하기에는 그들에 대한 신뢰가 너무 높았다.

애초에 거짓을 말하기 어렵도록 성장한 이들이 여왕 직속의 그림자들이기도 했다.

당연하게도 초월자의 감각권을 속이며 감시를 한다는 건 쉬운 일이 아니다.

때문에 에던에게 허락을 구한 뒤, 그의 감각권 안쪽에서 가시들은 활동을 하고 있었다.

물론, 그게 아니더라도 초월자에 대한 감시 정도는 가능했다. 그들이 바로 여왕의 가시들이기 때문이다.

역대 여왕들은 전부 초월자들이었고, 그런 만큼 초인들에 대한 감시에 대해서도 상당부분 정통한 면이 있었다.

단지, 감각의 경계선에서 이뤄지는 감시인만큼 그 정확도가 떨어지는 건 어쩔 수 없는 일이지만, 그래도 초월자에 대한 감시가 가능하다는 것만으로도 충분히 놀라운 부분이었다.

어쨌든 그토록 뛰어난 감시자들인 여왕의 가시들이 감각권 안쪽에서 직접 확인한 내용이었다.

말인 즉, 저 마부석에 앉아서 고삐를 쥐고 있는 존재가 다크 엘프일 확률이 아주 높다는 뜻이다.

'대체 왜?'

뭐가 아쉬워서 엘프들의 마른가지가 마부석에 앉아있단 말인가.

'그것도 이렇게 벌건 대낮에…대체 왜?'

도통 이해할 수 없는 상황이 그녀로 하여금 잠시 걸음을 멈추게끔 만들었다.

❖ ✣ ❖

레드문의 주인, 세릴과의 관계로 인해 그녀의 가시들이 감각권 안을 돌아다니는 걸 허락하며, 그들의 존재를 크게 신경 쓰지 않았다. 오히려 없는 존재로 여기며 지내왔다.

하지만 더는 그럴 수 없음을 알았다.

가시들 사이로 섬뜩한 기척 하나가 끼어드는 걸 느낀 까닭이었다.

'셰릴….'

단번에 알아챘고, 저도 모르게 몸서리를 치고야 말았다. 그리고 이 같은 그의 요상한 태도가 레일라의 시야에 걸려 버렸다.

갑작스런 그의 흔들림에 신경이 쓰였던지, 그녀가 정령을 꺼내들었고, 감각의 영역을 크게 넓히기 시작했다.

오래지 않아 그녀의 얼굴이 굳어졌다.

'…망했다!'

당연하게도 에던의 표정은 정령들의 등장과 동시에 썩어 들어가고 있었다.

그녀의 눈빛변화 속에서 에던은 셰릴의 등장이 알려졌음을 짐작했다.

자연스레 그의 자세가 공손해졌다.

'으음….'

날아드는 그녀의 시선 속에서 날카로운 예기를 느꼈다. 한 겨울 시린 칼바람을 맞는 것 마냥, 심각할 정도로 따끔거린다고나 할까?

갑작스러운 이들의 변화와 분위기 속에, 함께 자리하고 있던 일곱 엘프들 역시도 조용히 숨을 삼켰다.

그 중 다섯이 비록 어리다고는 하나, 실질적으로 살아온 세월은 제법 되는 까닭에 주변 분위기 정도는 살필만한 눈치가 있었다.

숨 막히는 적막 속에서, 돌연 레일라의 입이 열렸다.

"멈춰."

그녀의 이야기에 에던이 눈을 동그랗게 떴다. 마차를 세우라는 의미임을 아는 까닭이었다.

다크 엘프들이 그의 명을 듣기 때문에, 그를 향해서 말을 건넨 것이다. 최악의 상황이 머릿속으로 그려지는 까닭에, 저 말을 따라야하는가에 대한 갈등을 거듭하고 있을 때, 레일라가 재차 입을 열었다.

"세워!"

좀 더 직접적인 언급에 결국 에던이 마부석을 향해 외쳤다.

"마… 마차 좀, 세워… 주세요!"

목소리가 떨리는 건, 다가올 악몽에 대한 두려움의 발로였다.

❖ ✣ ❖

추격은 그리 어렵지 않았다.

'마력의 흐름만 쫓으면 되는 거니까.'

비록 직접적인 타격을 입히는 게 아닌, 그저 간접적인 감시정도인 가벼운 저주라고는 하나, 거기에 사용된 공부는 결코 간단한 것이 아니었다.

때문에 그 저주를 푸는 건 쉽지 않을 터였다.

'하이 엘프를 만난다면 모르지만….'

그렇게 되면 이야기가 달려질 것이나, 그 전까지는 문제가 없었다.

레브렉은 이를 악물며 추격에 박차를 가했다. 멀지 않은 곳에서 저주의 파동이 밀려오고 있음에, 목적지가 가까워오고 있음을 알았다.

긴장되지 않는다면 거짓일 터였다.

'사신!'

상대가 진정 새로운 초월자라면, 그 결과는 결코 가볍지 않은 것이기 때문이었다.

하지만 그럼에도 불구하고 실패보다는 성공에 대한 자신감이 넘쳤다.

일천 정예!

원로회에서 붙여준 사냥개들이었다. 이미 새로운 초월자의 탄생을 위한 희생양으로써, 중앙 대륙의 사냥개들 상당수가 타격을 입은 상황이었다.

하지만 그렇다고 해서 그들이 전부라는 의미는 아니었다.

당시 상황의 급박함으로 인해, 가까운 왕국의 사냥개들을 중심으로 끌어들였을 뿐이었다.

그에 반해 이번에는 중앙 대륙 전역을 무대로 사냥개를 모았다. 앞서와 비교한다면, 규모 자체가 다른 것이다.

'성공만 하면 된다!'

지금까지 망자의 천적은 사신 한명 뿐이었다. 몇몇 다른 지역에서 루딘과의 마찰이 발생했지만, 그들이 망자는 상대하는 방법은 사신과 전혀 달랐다.

이를 통해서 사신이 특별하다는 식의 결론의 내려지고 있는 상태였다.

그런 만큼 더더욱 사신의 존재는 중요했다.

'이 기회를 제대로 이용한다면!'

일단은 망자의 천적에 대한 문제를 해결할 수 있는 가능성이 높아지고, 당연하게도 더 이상 사냥개는 그들의 정예가 아니게 될 터였다.

때문에 중앙 대륙의 모든 사냥개를 긁어모았다. 만에 하나의 사태라고 할 수 있지만, 만약 이들이 실패하고 사신이 살아남는다면?

'끝장이지….'

중앙 대륙의 사냥개는 전멸에 가까운 타격을 입게 될 것이고, 이곳 대륙의 암전은 그야말로 무법지대가 될 것이다.

암전이라는 세력 자체가 그 힘을 온전히 유지하기 위해서는 원로회와 그들의 통제아래에 활동하는 사냥개의 역할이 중요했다.

그들이 존재하기에 암전의 전주들이 다른 생각을 못하는 것이기 때문이었다.

하지만 만약 사냥개들의 부재가 알려진다면, 암전의 전주들의 행동을 통제하기가 어려워질 터였다.

어쩌면 이미 지금의 상황들이 각 전주들에게 알려졌을지도 몰랐다.

당연하게도 그 결과는 중앙대륙의 암전의 질서를 끝장낼 뿐만 아니라, 그의 삶 역시도 끝장을 낼 게 분명했다.

'성공만 한다면!'

모든 문제는 해결이었다. 원로회의 실력자들 역시도 함께 따르고 있는 만큼, 실패는 더더욱 허락되지 않을 이야기였다.

'일천의 사냥개라면, 충분히 가능한 일이지.'

400년 전, 홀로 일천의 기사단을 막았던 바르마스 검공!

사람들에게 초월자를 경외의 대상으로 만들어줬던 결정적인 사건이었다.

하지만 대다수의 사람들이 간과하고 있는 부분이 있었다.

'바라마스 검공의 전장은 산 속이었지!'

뿐만 아니라 전략적인 부분 역시도 엿보였다는 것이다.

'정면으로 일천 기사단을 막는다는건…말도 안 되지!'

게다가 감히 장담컨대, 당시 바르마스 검공을 상대하던 일천의 기사단은 사냥개 일천의 전력에 못 미칠 것이라는 점이었다.

'할 수 있다!'

초월자 한 명 정도는 사뿐히 즈려밟을 수 있으리라!

위기를 기회로,

'기회를 발판으로!'

더 높이 도약할거라 믿고 또 믿었다.

❖ ✣ ❖

갑작스러운 마차의 정지에 의문을 느끼기를 잠시, 오래지 않아 깨달을 수 있었다.

'나를 기다리는 건가.'

셰릴은 눈을 빛내며 저 멀리 마차를 바라봤다.

입 꼬리를 살짝 말아 올리던 그녀가 마차 밖으로 나오는 여인을 바라봤다.

'레일라 드라필만!'

우연일까? 마침 그녀의 시선도 이곳으로 향하고 있었다.

'흥… 우연일 리가 없지.'

먼 거리를 격하며 두 여인의 시선이 닿았다.

셰릴의 신형이 한 줄기 화살이라도 된 듯, 전방을 향해 거침없이 쏘아져나갔다.

❖ ✣ ❖

정령과의 소통으로 얻어낸 감각은 단번에 '그녀' 의 존재를 알려줬고, 그 사나운 질주 역시도 전해왔다.

레일라의 두 눈에 이채가 스쳤다.

[초월자!]

부친으로 인해서 나름 익숙하다고는 하나, 그 기세가 온전히 그녀를 향해 쏟아지는 건 또 생소한 경험이었기에, 저도 모르게 신형이 흔들렸지만, 가까스로 뒷걸음질만은 막을 수 있었다.

우스운 건 에던의 뒷걸음질이었다. 아직 그는 아무런 기세도 받지 않았다는 게, 특히 반전의 묘미였다.

마부석에 앉아있던 다크 엘프 럭셀이 에던의 곁으로 다가가며 경계태세를 취했다. 이에 에던이 쓰게 웃으며 그를 막았다.

"적 아닙니다."

"아군입니까?"

"…아마도요."

애매한 대답 속에서 마차 속의 엘프들 역시 하나 둘 밖으로 얼굴을 내밀었다.

이제는 제법 기운을 차린 어린 엘프들의 초롱초롱한 눈빛을 보며, 에던이 짧게 한마디 했다.

"위험하다."

그러며 아이들을 다시 안으로 밀어 넣은 뒤, 창을 닫도록 지시했다. 마차 안쪽의 상황은 브렘에게 맡긴 채, 에던은 다시금 저 멀리 다가드는 '폭풍'으로 시선을 보냈다.

'꿀꺽… 델. 리아. 데!'

최근 가장 자주 들었던 기도문을 입안에 굴리던 에던이 돌연 두 눈을 질끈 감았다.

결국, 그녀가 도착한 것이다.

'…셰릴!'

그토록 피하고 싶던, 두 여인의 만남이 성사되는 순간이었다.

❖ ✣ ❖

평소라면 도착과 동시에 '그'가 먼저 눈에 들어왔을 것이다. 하지만 이번만큼은 '그녀'가 우선이었다.

"레일라 드라필만?"

짧게 '그녀'를 부르며 턱을 살짝 치켜세웠다. 의도적으로 내려다보는 것처럼 여겨지는 시선처리와 위압적인 분위기를 만들어낸 것이다.

그 순간 레일라가 물었다.

"초면이라면 자기소개가 먼저 아닌가?"

셰릴의 미간이 옅은 주름이 새겨졌다. 말투가 거슬렸던 까닭이었다.

하지만 그 같은 감전은 레일라 역시 마찬가지로 느끼는 바였던지, 이미 그녀 역시도 미간에 주름이 잡혀 있었다.

서로 한 줄기 주름과 불편함을 내세운 채, 소리 없는 침묵의 시간이 이어졌다.

파파파팍…

그 대신이라는 듯, 뜨거운 대기의 파동이 그녀들의 속마음을 대변해주고 있었다.

두 여인이 내뿜는 기세가 마주치면서 일으키는 소동에, 말들이 투레질을 하며 소란을 일으켰지만, 어느새 마부석으로 돌아간 럭셀의 유연한 대처에 말과 마차를 안정시킬 수 있었다.

'델. 리아. 데!'

에던은 조용히 기도문을 읊으며, 마부석으로 숨어들었다.

❖ ✣ ❖

시작은 아주 가벼운 손짓에서 일어났다.

파파파팡…

마치 마법이라도 펼친 듯, 셰릴의 손길이 향하는 방향의 대기들이 울부짖으며 일제히 터져나가는 것이 보였다.

그 폭발이 레일라의 코앞까지 다다랐을 때, 그녀의 전방으로 반투명의 막이 일렁이더니, 돌연 파공성이 멎었다.

그리고 이내 바닥으로 떨어지는 자그마한 쇠구슬 하나가 보였다. 조금 전 허공을 갈랐던 비명성의 정체였다.

"제법…."

그 짧은 말과 함께 셰릴의 손이 어지러이 흔들렸다.

파파파파파팡…

앞서와 같은 파공성이 재차 발생하며, 레일라를 향해 폭음이 쏘아져갔다. 그 손짓의 숫자만큼 대기의 비명도 더욱 크고 강렬했다.

레일라의 전방으로 또 한 번 반투명의 막이 일렁였고, 다시금 목적지에 이르지 못한 쇠구슬들이 바닥으로 떨어져 내리는 게 보였다.

그 순간 셰릴의 눈이 반짝였다.

'정말, 제법인데!'

딱 필요한 순간에 필요한 영역만큼만 마나 쉴드를 일으켜 그녀의 공격들을 막아낸 것을 본 까닭이었다.

이렇게까지 정밀한 마력운용은 일반적인 마법사들의 수준을 한참 뛰어넘어, 대마법사급에 달하는 위치라고 봐도 과언이 아니었다.

'어쩌면….'

그저 가능성일 뿐이지만, 대마법사 그 너머까지도 그려졌다.

'마도사!'

다른 의미로는 별의 영역에 이른 초월자이며 로드급의 마법사고 또한 현자라고도 칭해지는 존재였다.

한 시대에 한 명 이상이 존재하기 어렵다고 알려질 만큼, 그들은 특별하고 또 특별했다.

당대에도 그곳에 서 있는 마도사는 단 한명 뿐이었다.

'망할! 현자는 무슨… 변태 영감이 딱이지!'

스승과 안면이 있던 덕분에, 현 시대 마법사들의 정점과도 대화를 나눈 적이 있었다.

짧은 시간이었지만 충분히 인상적인 만남이었다.

스승에게 찝쩍대다 따귀를 맞던 모습은 기존의 환상을 확실히 깨부수기에 충분했기 때문이다.

그러고도 달려들다 나머지 뺨도 붉게 물들이던 광경을 어찌 잊을 수 있겠는가.

어쨌든 중요한 건, 레일라가 바로 그 대마도사와 비슷한 수준의 재능을 보유하고 있다는 점이었다.

작게 고개를 끄덕이는 찰나, 레일라의 반격이 이어졌다.

물방울이 반짝이는가 싶더니 시린 얼음의 송곳들이 쏘아져왔다. 그야말로 찰나라 할 순간에 수십 수백의 얼음송곳들이 날아들었지만, 셰릴은 날랜 몸놀림으로 그 거센 우박의 폭풍우 속을 헤쳐 나왔다.

하지만 그럼에도 끝은 아니었던 듯, 그녀는 한 자리에 머물 수가 없었다. 어느새 바닥이 일렁이는가 싶더니, 대지가 마치 늪지대라도 되는 양, 그녀의 신형을 집어삼키려 든 것이다.

때문에 여전히 이리저리 움직이며, 디딘 자리가 늪지대로 변하기 전에 몸을 빼내야만 했다.

그러면서도 착실히 레일라와 거리를 좁히는 걸 잊지 않았다. 마법사와의 전투에서 거리를 잡는 것만큼 중요한 게 없다는 걸 알기에, 일단 간격을 제어하기 위한 전진이었다.

당연하게도 레일라는 그녀와 반대로 거리를 두기 위하여 뒤로 몸을 빼내야만 했다.

정령들이 그녀의 몸을 떠받치며 이리저리 빼내주고 있으니, 셰릴의 날랜 움직임으로도 쉬이 따라잡기가 어려웠다.

하지만 어지러이 움직이며 마법을 실행하는 만큼, 레일라 역시도 결정적인 한방을 준비할 수가 없었다.

어중간한 간격을 유지한 채, 무의미한 소모전이 이어지고 있었다.

'마법과 정령술의 조합이라….'

셰릴은 새삼스런 얼굴로 레일라를 바라봤다.

밤의 여왕의 위치에 오르기 위한 수행 중에는 마법사와 정령사를 상대로 한 공부도 있었다. 하지만 그건 마법 따로 정령술 따로, 그렇게 상대를 해 봤던 것이지, 지금처럼 두 능력의 조합을 상대한 것은 아니었다.

때문에 지금 이 순간, 그 둘의 조합이 생각 이상으로 상성이 좋다는 걸 깨달을 수 있었다.

'그래도….'

아직 초인을 감당하기는 부족했다.

파아앙…

마치 그녀가 쏘아낸 쇠구슬마냥, 사납게 허공을 가로지른 그녀의 신형이 단번에 레일라의 코앞까지 다다르며, 아슬아슬하게 유지되던 간격이 무너졌다.

그럼에도 불구하고 변함없는 레일라의 표정에 셰릴의 눈이 빛났다.

'당황하지 않는다는 건….'

쏘아져가던 화살이 마치 벽에라도 박힌 듯, 거칠게 질주하던 그녀의 신형이 거짓말처럼 멈춰서며 그 자리에 내려앉았다.

콰웅…

그 순간 눈앞을 번쩍이는 뇌전이 있었다.

'역시, 드라필만의 여식이라 이거지!'

대륙을 대표하는 초월자들 중 한명인 루드말을 곁에서 보고 자라온 만큼, 나름대로 초인과의 결전에 대한 대비책을 마련한 모양 이었다.

만약, 레일라의 눈빛과 표정을 확인하지 못했더라면, 근접거리에서 터져 나온 마법을 피하기보다는 온몸으로 막아야만 했을 것이다.

팔뚝을 타고 오르는 소름으로 봐서는 가볍지 않은 공격이었음을 짐작할 수 있었다.

막았더라도 저 짜릿한 뇌전을 생각해 본다면, 한동안 공격보다는 방어에 치중해야 하는 사태가 발생했을지도 몰랐다.

마법사를 상대로 방어를 한다?

'미친 짓이지!'

게다가 상대가 저처럼 뛰어난 마법사라면 더더욱 틈을 줘서는 안 되는 것이다.

'그나저나… 마법인가?'

조금 전 그 뇌전의 정체가 궁금해졌다. 분명 그녀의 감각에는 이렇다 할 마력의 파동이 느껴지지 않았었다.

'…정령술이군!'

단번에 이해할 수 있었다. 마나와 오러보다 더욱 은밀하여 인지하기 어려운 것이라면 정령들의 영력뿐이었다. 하지만 동시에 새로운 의문 하나가 이어졌다.

'뇌전?'

번개를 부리는 정령이라는 건 들어 본 적이 없었다. 그걸 확인하기 위해서는 다시금 간격을 줄인 뒤, 레일라가 손을 쓰게 만들어야 했다.

거기까지 생각하니 왠지 머리가 아파왔다.

'골 때리네.'

원거리는 마법으로 근거리는 정령술로!

생각 이상으로 상대하기가 껄끄럽다는 걸 새삼 깨닫는 순간이었다.

'자꾸 이런 식이면, 진심이 돼버리겠는데!'

레일라만을 응시하던 그녀의 시선이 저 한편에 세워진 마차로 향했다. 에던이 그 구석에 바싹 몸을 붙인 채, 불안하게 눈동자를 굴리고 있는 게 보였다.

비록, 그 때문에 발생한 대립이고 격돌이라지만, 그를 생각해서 한 줌 여유를 남겨두었다.

하지만 레일라의 실력이 생각 이상으로 뛰어났다.

'간단하게 본보기만 보여 줄 생각이었는데….'

그 생각을 수정해야 한다는 걸 깨달았다.

'설마, 경계를 걷고 있을 줄이야.'

레일라는 초월자라 불리기에 합당한 영역에 한 발 걸쳐 있는 수준이었다. 별빛을 품은 건 아니었으나, 별의 끝자락에 닿아있다고 하기에는 충분해 보였다.

파아앙!

한 차례 짧은 타격성과 함께 레일라가 훌쩍 거리를 둔 채 물러났다.

그의 곁에 다른 여인이 있다는 게 마음에 들지 않는 건 분명 사실이었다. 하지만 앞으로 그가 걸어가야 할 길이 얼마나 험난할지 알기에, 그녀의 존재가 필요하다는 것 역시도 인정하고 있었다.

그녀가 함께하는 것으로 인해, 대륙을 대표하는 초월자가 머무는 그곳의 힘을 빌릴 수 있었다.

드라필만!

물론, 레드문의 힘이 부족하다고 여기는 것은 아니었다. 하지만 루딘과의 연계를 통해 암전의 규모가 알고 있던 수준을 한참 웃돈다는 걸 깨달은 이상, 섣부른 장담은 자제해야만 했다.

만약, 여기서 진심이 되어버린다면, 최악의 상황까지도 가정해야 할지도 몰랐다.

그만큼 레일라는 뛰어났고, 전력을 기울이게 된다면

스스로도 자제하기가 어려울 가능성이 높았다. 그 결과로 인해 최악의 상황이 발생하게 된다면, 드라필만이 에던의 적으로써 검을 뽑게 될 수 있었다.

'그렇다고 이대로 물러나기도 싫은데….'

뭔가 제대로 보여준 게 없기에, 더더욱 손이 근질거리는 것일지도 몰랐다.

누가 위에 있는지 확실히 가르쳐 주기 전에는 끝내기가 싫었다.

하지만 그렇다고 해서 다시금 시작을 하게 된다면, 더 이상의 여유가 없을 것임을 알기에, 선뜻 걸음을 내딛기도 어려웠다.

그렇게 새로운 침묵이 시작되었다.

❖ ✣ ❖

두 여인의 격돌은 너무도 갑작스러웠다.

'으악!'

에던은 비명이 나오려는 걸 가까스로 삼키며, 마부석 한 귀퉁이에 몸을 비볐다.

한 마디 말도 없이 그저 대치만 이어지는가 싶더니, 마치 약속이나 한 듯 동시에 서로를 향해 날카로운 발톱을 세우는 모습에서, 저도 모르게 오금이 저렸다고나 할까?

그리고 이어지는 격돌은 실로 짜릿하다 못해 아찔한

수준이었다.

그 중에서도 특히 놀라웠던 건, 셰릴이 간격을 지우려는 찰나 발생한 뇌전이었다.

빛과 어둠의 정령!

두 정령이 어우러진다고 여긴 순간, 한 줄기 섬광이 레일라와 셰릴의 사이를 가로지른 것이다.

'저런… 능력도 있었어?'

그에게서 비롯되었다고는 하나, 레일라와 함께하는 존재들이니 만큼, 그가 알고 있는 것 역시도 한정적일 수밖에 없었다.

다행스러운 점이라면, 그 격돌 이후에 다시금 침묵의 시간이 이어지면서, 잠시나마 폭풍우가 잠잠해졌다는 점이었다.

물론, 언제 또 몰아칠지 모른다는 점에서, 아직 불안요소가 남아있기는 했다.

하지만 이 부분에 대해서는 다른 식으로 해결책이 마련될 듯싶었다.

'이건….'

에던의 동공이 살짝 커지는가 싶더니, 그의 시선이 두 여인을 넘어, 멀리 더 멀리 나아갔다. 이내 시야가 닿지 않는 영역까지 이르자, 그 너머를 확인하기 위해 감각이 빠르게 확장되었다.

웃어야 할까? 아니면 울어야 할까?

그 경계 속에서 복잡 미묘한 표정이 완성되었다.

'…암전!'

갑작스러운 불청객들의 접근을 인지한 까닭이었다. 그 숫자도 실로 어마어마했다.

감각권의 한 부분을 시커멓게 뒤덮는 숫자였다.

두 여인 역시도 그들의 접근을 눈치 챈 듯, 일제히 고개를 돌리는 게 보였다.

서로에게 향하던 적개심이 일부 흩어지는 걸 느꼈다.

'일단….'

조금쯤은 웃어도 될 것 같았다.

"흐… 흐흑…."

웃음소리가 이상하게 여겨지는 건 착각일 터였다.

❖ ✣ ❖

감히 경시하기 어려운 실력자를 눈앞에 둔 까닭일까? 갑작스러운 불청객의 접근을 즉각 알아채지는 못했다.

서로에게 집중한 만큼 감각의 공백이 생긴 것이다.

하지만 셰릴과 레일라는 각자 감지영역에 있어서만큼은 특별한 여인들이었다.

공백 속에서도 그녀들은 충분히 빠르게 불청객의 침입을 인지했고, 마치 약속이나 한 듯 동시에 고개를 돌려 침입자들이 다가드는 방향을 응시했다.

그리고 누가 먼저랄 것도 없이 그곳을 향해 신형을 쏘아 보냈다.

"휘유…."

동시에 에던이 안도의 한숨을 내뱉으며 마부석에서 내려왔다. 한 일도 없건만 이마가득 흘러내린 땀방울을 닦아내는 그의 뒤에서 럭셀이 조심스레 물었다.

"괜찮으십니까?"

왠지 대답할 힘도 없었기에, 에던은 그저 고개만 끄덕이며 답을 대신했다.

그 모습을 잠시 지켜보던 럭셀이 슬쩍 두 여인이 향한 방향을 응시하며 물었다.

"어찌 하시겠습니까?"

그녀들이 에던에게 특별한 존재라는 것 정도는 이미 짐작하고 있었다. 때문에 갑작스런 그녀들의 이동에 의문을 내비칠 수밖에 없는 것이다.

에던이 럭셀을 잠시 바라보다가 이내 나직한 한숨과 함께 바닥에 엉덩이를 걸쳤다.

"일단, 좀 쉽시다."

별달리 한 일은 없으나, 당장은 휴식이 절실했다.

시꺼멓게 몰려드는 암전의 추격자들이 분명 위협적이기는 하지만, 안타깝게도 화풀이 대상을 찾은 듯, 경쟁하듯 사납게 달려가던 두 여인 역시도 무섭도록 위협적이었다.

에덴 개인적으로는 두 여인 측이 더 공포스럽게 여겨졌다.

'늑대와 양떼?'

혹은 오우거와 고블린떼?

딱, 그런 비유가 떠오른다고 해야 할까?

'무엇을 상상하건 그 이상일거다!'

추격자들을 향해 나직한 감상을 내던지며, 에덴이 자리에서 일어났다. 그의 신체능력으로 두 여인을 쫓아가려면, 아무래도 긴 휴식은 허락되지 않을 것이기 때문이다.

'발바닥에 땀… 불나도록 뛰어야겠네!'

고개를 절레절레 흔들던 그가 힘차게 뜀박질을 시작했다.

"혹혹혹혹…."

실로 원초적이면서도 기이할 만큼 인간적인 속도였다.

❖ ✣ ❖

저주의 파동을 읽으며 목적지가 멀지 않았다는 걸 사냥개들에게 상기시킨 뒤, 진형을 새롭게 조정하고 있을 때였다.

'여자?'

저 멀리서부터 웬 여인들이 달려오고 있었다. 아니, 그보다는 날아온다는 표현이 더 어울릴지도 몰랐다.

정확히 두 명의 여인이었는데, 실제로 한 여인은 허공을 부유하며 날아오고 있었고, 다른 한 여인은 대지를 박차며 질주하는 것 같았는데, 걸음걸음 사이의 간격이 너무나 멀어서 마치 나는 것처럼 보였다.

그야말로 날듯이 달려온다는 표현이 적절할 듯싶었다.

두 여인의 정체를 확인하기는 어려웠으나, 한 가지는 분명히 할 수 있었다.

'강자!'

부유마법을 사용하기 위해서는 최소한 4서클의 마법실력이 필요했다.

대지의 얽매임에서 자유로울 수 있고, 작게나마 세상의 이치 일부에서 벗어나는 경지로써, 진리에 가까이 다가가는 공부의 초입이라고도 불리는 영역이었다.

게다가 저처럼 자유로이 허공을 가로지르고자 한다면, 거기서 한 단계 더 나아가야 가능한 일이었는데, 이를 토대로 짐작하자면 최소한 5서클의 상등 마법사 정도는 염두에 둬야 하는 것이다.

마법사라는 존재들 사이에도 기사들이나 용병과 비슷한 나름의 급수는 존재한다. 하지만 분명한 건, 그들은 정해진 급수만으로 정의를 내리기 어려운 존재라는 점이었다.

특히, 전쟁이라는 특수한 환경요소에 한해서는 더더욱 그들의 급수는 의미가 불분명해지고는 했다.

칼질 한 번에 하나의 생을 불사르는 기사나 용병들과 달리,

마법사들은 그 스태프 한 번 휘두르는 것으로, 수십 혹은 수백의 생명을 불사르는 게 가능하기 때문이었다.

비슷한 급수로 분류되는 기사와 마법사가 격전을 치른다면, 분명 각자가 처한 상황에 따라 승패가 갈릴 것이다.

하지만 전쟁이라는 무대에서만큼은, 그야말로 마법사라는 존재는 '사기' 적이라는 의미가 아깝지 않은 활약이 가능했다.

'으음… 5서클이란 말이지.'

레브렉은 긴장감어린 얼굴로 전면을 주시할 수밖에 없었다. 그 역시 마나의 인도를 받은 존재로써, 마법을 사용할 줄은 알았다.

하지만 실전적인 마법보다는 연구 및 실험에 매달리는 이론적인 마법지식에 더 능통한 마법사였다.

물론, 4서클에 올라 제법 괜찮은 수준이라 자부하고 있기는 하나, 지닌바 이론 및 실험적인 지식에 비교한다면 부족한 감이 있는 건 사실이었다.

어쨌든 그 훌륭한 이론적 마법학자의 지식층이 빠른 속도로 상황에 대한 분석을 마무리 짓고 있었다.

'좋지 않아!'

저 허공을 부유하는 마법사가 홀로 다가오고 있었더라면 이토록 긴장하지 않았을 것이다.

하지만 그 바로 아래로 대지 위를 비행하듯 달려오는 여인의 존재가 상황을 복잡하게 만들고 있었다.

한 눈에 봐도 범상치가 않아 보이는 실력자였다. 어느 누가 있어서 저 같은 속도로 질주를 할 수 있겠는가.

대지 위의 실력자가 전면을 차단하고, 허공의 마법사가 마력의 춤사위를 시작한다면, 아무리 일천 정예라 해도 현 상황을 타파하기란 쉬운 일이 아닐 터였다.

상당한 희생을 각오해야만 할 거라 여겼다.

'젠장!'

저 두 여인이 그들의 목표물이라면 상관이 없었다. 하지만 진정한 척살대상은 저 너머에 존재하지 않던가.

[사신, 운트!]

일천 정예는 오로지 그를 위해 준비된 사냥개들이었다. 여기서 쓸데없는 희생과 소모를 할 이유가 없었다.

하지만 두 여인은 그들이 목표라는 듯, 분명하고 올곧은 동선으로 다가오고 있었다. 거리가 가까워 올수록, 결국 저 여인들을 피할 수 없음을 알았다.

지금이라도 물러난 뒤 다음을 노려야 할까?

'안 돼!'

그에게는 지금이 마지막 기회였다. 이 순간을 놓친다면 도약의 발판은커녕, 그 끝을 헤아리기 어려운 늪지대에 빠져 생의 마지막 순간까지 허우적거리다 비참한 최후를 맞게 될 터였다.

게다가 물러나고 싶다고 해도, 이곳의 지휘권이 온전히 그에게 있는 것도 아니었다.

일천 정예들의 후미에서 함께하고 있는 숨겨진 일백의 최정예들이 문제였다.

원로회에서 별도로 파견한 실력자들로써, 암전의 비밀을 제법 잘 알고 있는 레브렉은 저들의 정체 역시도 짐작하고 있었다.

'왕국의 검!'

오랜 세월 원로회의 계획아래 다양한 실험들을 수행하며, 그들의 충복으로써 살아온 덕분일까?

암전이라는 세력의 배후에 대륙 각지의 왕국들이 존재하고 있다는 것 정도는 알았다.

물론, 그 왕국들의 수가 정확히 몇이고, 정체가 어떻게 되는지에 대해서는 아직 모르지만, 어쨌든 왕국의 개입 정도는 알 수 있었다.

그리고 저 일백의 최정예가 원로회를 통해 파견되었다는 점에서, 왕국들이 보낸 그들의 칼이라는 것도 짐작할 수 있었다.

암전에 발을 들였다는 점에서, 저들이 전면에서 활동하는 이들이 아닌, 왕국의 그림자이며 비밀스런 독니라는 것도 예상 가능한 부분이었다.

또한, 저들이 총 일백으로 이뤄졌지만, 각기 7~10명 정도가 개별적으로 움직이는 것을 통해, 하나의 왕국이 아닌, 여러 왕국들이 동시에 각자의 그림자들을 보냈다는 것 역시도 짐작할 수 있었다.

저들은 숨겨진 실력자이면서 동시에, 감춰진 감시자들이기도 했다.

결국, 이 격돌은 피할 수 없는 것이었다.

'젠장!'

하필이면 마법사가 그 혼자라는 부분이 마음에 들지 않았지만, 이론 연구의 마법학자로써, 지닌바 지식을 최대한 활용해 낼 수 있다면, 충분히 큰 피해 없이 상황을 해결할 수 있을 거라 믿었다.

'할 수 있다!'

그렇게 여기며 각오를 다졌고, 이내 격돌이 발생했다.

'…뭣?'

동시에 믿을 수 없는 상황이 그의 이론적 지식을 통째로 박살내버렸다.

'왜?'

어째서?

마법사가 왜 전장에 뛰어들어 칼부림을 하고 있단 말인가. 시작부터 상식은 그의 편이 아니었다.

❈ ✣ ❈

비록 마법이라는 학문에 빠져들어 가문의 공부나 이념과는 전혀 다른 길을 걸어오기는 했다.

하지만 그녀의 뿌리는 분명 '드라필만'에 있었다.

레일라의 호신을 위해 루드말이 직접 간단한 검공이나 기본 공부 정도는 가르친 것이다.

무려, 대륙을 대표하는 초월자의 가르침이었다. 간단할지언정 가볍지는 않았다.

천부적인 그녀의 두뇌는 그 무게감은 제법 그럴싸하게 재현해 낼만한 재주가 있었다.

사실, 몸놀림이 조금쯤은 부족한 감이 있었으나, 정령과의 교감을 통해 이 모든 것들이 해결되었다.

부족한 속도감은 바람의 정령이 등을 떠밀어 해결해 줬고, 물의 정령이 체내에 깃들어 유연함을 더해줬으며, 빛과 어둠의 정령들이 각기 활력과 괴력을 부여해줬다.

냉정하게 평가하자면, 단 한 점의 마법적인 요소도 발현되지 않았다고 볼 수 있었다.

사실, 이는 그녀답지 않은 행동이었다.

누구보다도 냉철하게 상황을 분석하고, 그에 합당한 행동을 하는 것 역시 그녀의 전투방식이었다.

그렇다면 이 갑작스런 행동의 발현은 어디에서 비롯된 것일까?

바로 셰릴의 존재였다.

마법으로 허공을 가로질러 온 그녀보다 한 발 앞서서 도착하여, 더없이 화려하게 전장에 핏빛 안개를 흩뿌리는 그녀의 모습으로 인해, 전에 없던 자극을 받아버렸다.

그 때문에 답지 않게 칼을 휘두르고 체술을 내비치며,

전장의 파도 속을 헤엄치고 있는 것이었다.

하지만 그 뜨겁던 감정적인 격류도 오래가진 않았다. 점차적으로 거세지는 전장의 격류 속에서, 마법사 본연의 이성적인 판단력이 깨어나기 시작한 까닭이었다.

'실수했네!'

냉정히 스스로의 잘못을 인정했다. 검가의 여식으로써 나름 배움이 있었다고는 하나, 이처럼 어지러운 전장의 소용돌이 속으로 몸을 던지기에는 무리가 있었다.

마법사적인 냉철한 판단력과 정령들의 도움 및 보호가 없었더라면, 일찌감치 핏물을 쏟아내며 무너져 내렸을 터였다.

그 덕분이라고 해야 할까?

짧은 순간에 영력이 절반 이상이나 깎여나간 것을 느낄 수 있었다.

"후읍!"

짤막하니 숨을 고르는 한편, 급격히 사방으로 마나의 소용돌이를 일으키며, 그 안에 불의 마력을 불어넣었다.

화아아악…

마치 불의 기둥이 솟구치는 것 마냥, 전장의 한복판에 뜨거운 겁화가 피어오르고, 마치 강을 거슬러가는 연어마냥, 레일라의 신형이 유연하게 그 불실 사이를 헤쳐 오르며, 하늘 위로 솟구쳤다.

그 순간 기다렸다는 듯, 화살이 그녀를 노리며 쏘아졌지만, 이런 원거리 저격은 마법사들에게는 일상과도 같은 것이기에, 능숙히 마나의 장막을 펼치며 이를 막아냈다.

그리고 이 순간을 기점으로 드라필만의 마법사가 본격적으로 그 존재감을 드러내기 시작했다.

❈ ✣ ❈

돌연 솟구쳐 오른 불기둥과 그 사이로 모습을 드러낸 레일라의 모습에 셰릴이 가볍게 실소를 뱉어냈다.

'역시, 제법이란 말이야!'

그와의 관계로 인해 마이너스 점수에서부터 시작을 했지만, 잠시 보여줬던 모습 속에서 작게나마 점수에 플러스가 더해졌다.

'마법사 주제에 제법 화끈하잖아!'

특히, 전장 속으로 파고들어 이리저리 치고받던 모습이 인상적이었다.

새삼스레 그녀가 드라필만의 여식이라는 걸 깨달았다고나 할까?

"그래도 아직 내 마음에 들려면 멀었어!"

나직한 중얼거림과 함께 그녀의 손이 춤추듯 허공을 유영했다.

파파팟…

그와 동시에 솟구치는 핏물이 그 유연한 움직임 속에 숨어있는 날카로운 예기를 인지하게 만들었다.

'기사단급의 실력자라….'

한 눈에 사냥개들로만 이뤄진 암전의 정예라는 걸 알아봤다.

'오랜만에 몸 좀 제대로 풀겠네!'

마치 물 만난 고기마냥, 그녀의 신형이 전장 속을 거침없이 유영하기 시작했다.

❖ ✣ ❖

하늘이 노랗다고 해야 할까?

"흐아압…흐악…카악!"

에던은 당장이라도 숨이 넘어갈 것처럼, 거칠게 숨을 몰아쉬다 결국 바닥에 주저앉아버렸다.

두 여인을 쫓아가고자 최선을 다해 내달린 덕분인지, 생각지도 못한 상황에 체력의 한계를 경험해야만 했다.

오금이 풀리며 무릎이 꺾이는 건 어쩔 수 없는 수순이었다.

'빌어먹을….'

경계를 넘고 별빛을 품으며, 새로운 영역으로 들어선 건 분명 사실이었다. 하지만 여전히 그의 육신은 여러모로 부족함이 넘쳤다.

그간 꾸준히 연공을 이어오면서, 나름대로 성장에 힘을 써 온 덕분일까?

가까스로 특급용병이라 부르기에 아깝지 않은 수준의 능력을 거머쥐었다고 자신할 수 있었다.

하지만 실질적인 초월자들의 신체능력과 비교한다면, 여전히 부족함이 넘치는 게 사실이었다.

"카아아악…."

목 안 가득 낀 먼지를 게워내던 에던의 신형이 그대로 흙바닥에 너부러졌다.

어떻게든 허리는 세우고 있으려 했건만, 두 여인을 쫓으려고 뒤가 마려울 정도로 뛰었던 게, 생각 이상으로 체력을 소모시킨 모양이었다.

"조… 조금만 쉬고…."

누구에게 하는 소리인지 알 수 없는 혼잣말을 중얼거리며, 그렇게 때 아닌 휴식이 찾아들려는 찰나였다.

"아… 젠장, 조금만 쉰다니까."

에던이 짜증어린 어투와 함께, 다시금 허리를 세우며 주변을 돌아봤다.

어느새 일단의 무리들이 그의 주변을 넓게 포위하고 있었다. 얼핏 헤아려본 숫자가 두 자릿수는 넘어보였다.

"끄응…."

에던의 얼굴이 와락 구겨졌다. 저들의 분위기에서 범상치 않은 실력자들이라는 걸 짐작할 까닭이었다.

사냥개들의 후미에 숨어있던 일백의 최정예들이었다.

문득, 그들을 살피던 에던의 눈 꼬리가 각기 위와 아래로 뒤틀렸다. 마치 봐서는 안 될걸 본 표정이랄까?

가만히 불청객들을 응시하던 에던이 혼잣말처럼 중얼거렸다.

"벌건 대낮에 웬 시체가 걸어다녀?"

봐서는 안 될, 보기도 싫은, 그런 불쾌한 존재들의 등장에 에던의 얼굴 가득 짜증이 끓어올랐다.

"썩을…."

찬찬히 자리에서 일어나던 그가, 돌연 한 쪽 손을 펼치더니 불청객들을 향해 나직이 중얼거렸다.

"지릴 것 같아서 그런데, 잠깐만 쉬면 안 되겠니?"

뒤쪽이 근질거리는 게 느낌이 좋지 않았다.

〈6권에 계속〉